CORPOS BENZIDOS
EM METAL PESADO

CORPOS BENZIDOS EM METAL PESADO
PEDRO AUGUSTO BAÍA

3ª edição

EDITORA RECORD
RIO DE JANEIRO • SÃO PAULO
2023

CIP-BRASIL. CATALOGAÇÃO NA PUBLICAÇÃO
SINDICATO NACIONAL DOS EDITORES DE LIVROS, RJ

B136c Baía, Pedro Augusto
3. ed. Corpos benzidos em metal pesado / Pedro Augusto Baía. –
3. ed. – Rio de Janeiro : Record, 2023.

ISBN 978-65-5587-560-7

1. Contos brasileiros. I. Título.

22-78717
CDD: 869.3
CDU: 82-34(81)

Meri Gleice Rodrigues de Souza – Bibliotecária – CRB-7/6439

Copyright © Pedro Augusto Baía, 2022

Todos os direitos reservados. Proibida a reprodução, armazenamento ou
transmissão de partes deste livro, através de quaisquer meios, sem prévia
autorização por escrito.

Texto revisado segundo o Acordo Ortográfico da Língua Portuguesa de 1990.

Direitos exclusivos desta edição reservados pela
EDITORA RECORD LTDA.
Rua Argentina, 171 – Rio de Janeiro, RJ – 20921-380 – Tel.: (21) 2585-2000.

Impresso no Brasil

ISBN 978-65-5587-560-7

Seja um leitor preferencial Record.
Cadastre-se em www.record.com.br
e receba informações sobre nossos
lançamentos e nossas promoções.

Atendimento e venda direta ao leitor:
sac@record.com.br

As coisas que os brancos extraem das profundezas da terra com tanta avidez, os minérios e o petróleo, não são alimentos. São coisas maléficas e perigosas, impregnadas de tosses e febres, que só Omama conhecia. Ele porém decidiu, no começo, escondê-las sob o chão da floresta para que não nos deixassem doentes. Quis que ninguém pudesse tirá-las da terra, para nos proteger. Por isso devem ser mantidas onde ele as deixou enterradas desde sempre. A floresta é a carne e a pele de nossa terra, que é o dorso do antigo céu Hutukara caído no primeiro tempo. O metal que Omama ocultou nela é seu esqueleto, que ela envolve de frescor úmido.

Davi Kopenawa e Bruce Albert, *A queda do céu*

Dedico este livro à minha mãe, ao meu pai e avós.

Eu ouvi histórias sobre rios e florestas.

Sumário

Tanimbuca	11
Acremonium	19
Reza benzida em metal pesado	27
Maré alta	35
Encantaria de rio	41
Memorial do ano do delírio	47
O ano do delírio	53
O homem de alumínio	73
Anjos de miriti	83
Carne de boi	89
Fronteiras	103

Tanimbuca

cortar

cortar

cortar

a palavra vem solta, pesada, derruba os meus pensamentos, explode minha cabeça, fruta apodrecida caída do meu corpo adoecido, essa carcaça invadida pela febre insistente de três dias

é quebranto de floresta morta, Iaci diz, deitada ao meu lado no chão de terra do barracão montado com pedaços de madeira e teto de lona

cortar

cortar

cortar

às vezes parece a voz do meu pai, lá dos meus tempos de menino, mas Iaci revela que é a voz do chefe, voz talhada na lâmina da motosserra

Iaci sente a minha mão, carícias trêmulas que misturam a poeira dos meus dedos com o sangue quente, o meu sangue respingado em Iaci

o acidente foi há três dias, a lâmina da motosserra do chefe se recusou a cortar o último tronco de tanimbuca, desceu com fome sobre a minha coxa direita

enquanto eu estancava o sangue com a camisa, o chefe culpava os outros homens: fugiram do serviço, foram cheirar grana em outro acampamento

se não fosse para derrubar ipê-de-pobre, os vagabundos tinham ficado até o fim

eu não confio no que o chefe fala, mas a verdade é que só deixaram eu e o antônio para terminar o serviço

agora levanto-me e a dor na coxa me obriga a me apoiar no barril de gasolina, olho para baixo e contemplo o ferimento, carne apodrecida, sou um caule esfolado, febre em brasa, sinto-me fraco, o estômago vazio, a comida acabou, não consigo dormir desde o dia do acidente

se eu oferecer ao chefe a barra de ouro trazida do garimpo, talvez consiga ser liberado, ou tento fugir? se eu fugir, só a minha alma chegará à beira da transamazônica a minha alma não serve, o ouro não mata a fome do chefe

escuto o ruído de motocicletas

é o chefe voltando, Iaci

ela ouve a esperança em minha voz, mas sabe que o chefe não dirige moto, vem ao acampamento na hilux prateada que ganhou do deputado, não gosta de lama e poeira, diz que é coisa de sem-terra

se hoje ele decidiu vir de garupa, obrigado, quero comida, mais jornais e, por favor, aceite o meu pedido de ajuda: preciso ir ao hospital, a minha perna está podre

os jornais não são para informar a gente sobre o mundo, substituem o papel higiênico, item caro na contabilidade do chefe

a imprensa é inimiga do governo, ele esbraveja quando encontra seus empregados tentando ler no acampamento, e só esfria a cabeça porque pensa que somos todos analfabetos, pelo menos é o que atestam os nossos documentos de identidade confiscados por ele

só sei botar o nome no papel, é a frase que sempre digo para ele, a mesma repetida pelos outros homens, alguns não sabem nada

das minhas leituras contei somente para Iaci, que também quis saber como eu aprendi a ler, coitada, ficou descrente quando eu disse que foi promessa de minha mãe, pariu doze e não ia morrer sem ver o

13

filho caçula assinar o nome, fez todas as travessias de canoa, remando mais de vinte quilômetros para me levar até a escola, ida e volta, cumprindo a promessa às escondidas do meu pai, enquanto ele não voltava do garimpo para me buscar, e quando voltou, foi mesmo só eu quem ele encontrou, a minha mãe não tinha mais alma no corpo, encolhida na rede, adoecida de mercúrio no sangue

depois foi a vez do meu pai, saiu do garimpo para ir derrubar ipê, o mercúrio foi dentro dele, deixou Iaci como herança

pediu para eu nunca encostar Iaci na tanimbuca, só no ipê de verdade

prometi cuidar bem dela

à minha mãe prometi continuar os estudos, descumpri, mas sei decifrar as notícias nos jornais velhos, leio todos os dias para Iaci

lendo, lendo, foi assim que conheci o palácio do planalto, as fotos dos prédios construídos em poeira branca e cinzenta, imagino um vendaval erguendo toda a poeira, ou quem sabe a quantidade certa de fogo

sinto saudades de exterminar ninho de vespa, aos 10 anos eu odiava o zumbido dos insetos, descompassado do resto do mundo, irritante como o dessas motocicletas em zigue-zague pela clareira do acampamento agora escuto três disparos de espingarda e o grito de antônio, sinto o cheiro de gasolina e largo o jornal ao lado de Iaci

através da fresta do barracão, vejo a silhueta de dois homens em cima de uma motocicleta no centro da clareira, rostos enfaixados em pano, os dois estão armados e carregam um galão de gasolina

eles saltam da moto e percorrem os olhos pela clareira, contemplam as labaredas que se espalham, vindas das áreas mais distantes até o centro do acampamento, depois o motorista despeja gasolina em cima do corpo de antônio, o meu amigo se contorce, o rosto uma máscara de sangue e areia

eu me agacho, mas por descuido espremo a coxa direita, sufoco o grito de dor tampando a boca com as duas mãos, os meus olhos lacrimejam

olho para Iaci, ela conhece todas as minhas dores

fecho os olhos e espero a vontade de gritar desaparecer, vem o rosto da minha mãe e do meu pai nos pensamentos embaralhados, será que também tem mercúrio dentro de mim?

abro os olhos e vejo um dos motociclistas agachados ao lado do corpo de antônio, sussurra alguma coisa no ouvido do meu amigo e depois grita, colocando a ponta do cano da espingarda contra o peito dele

eu reconheço essa voz, é o som dentro da minha
cabeça

cortar

cortar

cortar

é a voz do chefe, Iaci tem razão

de rosto enfaixado, é o desgraçado que veio ao
acampamento sem avisar, tocaia, comprou os outros
homens, atearam fogo para limpar o solo antes da
fiscalização

o chefe pergunta ao antônio onde eu estou, quer
saber se fugi, vai me matar e colocar a culpa em outros madeireiros ou nos xicrins, e quando a fumaça
atravessar o país, o solo já estará pronto para o pasto,
os bois vão cagar na minha ossada

sinto medo, mas Iaci não pode perceber isso, preciso ler para ela, esconder esse medo, menino escon-
dendo da mãe o medo de seguir o caminho do pai

submisso, pego o pedaço de jornal, as mãos trêmulas, os olhos buscam o horóscopo, Iaci gosta de
previsões

soletro as palavras lentamente, a dor na coxa direita
transformou-se em som, a minha voz é um gemido,
já estou morto, quem lê o horóscopo é a minha alma
afogada no mercúrio e na fuligem: o ano do fogo, o
ano de marte

o grito de antônio interrompe a minha leitura

lá fora, o chefe está enraivecido, saca a pistola e pressiona a sola da bota sobre a cabeça de antônio, a terra invade a boca e os olhos do meu amigo, o chefe é um verme esfomeado sobre a terra

o chefe ergue o braço esquerdo e, obediente, o comparsa acende um isqueiro e joga sobre o corpo de antônio, a carne do meu amigo arde

o comparsa retorna à moto e acelera, fazendo o convite para a fuga do chefe, mas o verme dispara dois tiros contra ele e recolhe a sua espingarda

em meio às colunas de fogo, caminha em minha direção

ele sabe onde me encontrar, é aqui onde eu protejo Iaci, longe dos troncos de tanimbuca, no ninho de jornais velhos

o chefe vem, faminto, uma arma em cada mão, quer devorar o seu empregado, eu de mãos vazias, poeira e sangue, o meu ferimento lateja, o fogo invade o meu corpo

afetuosamente, pego Iaci e aciono o seu botão, máquina impiedosa, o fogo brilha nas suas lâminas

cortar

cortar

cortar

eu avanço sobre o chefe, cheio de fúria e destruição

Acremonium

Amanhã termina o prazo. Deverei entregar as chaves do quarto ao senhorio. Não consegui dinheiro para pagar os dois últimos meses de aluguel. Se ainda posso entrar no final do dia, é porque as minhas habilidades de eletricista salvaram o velho casarão lisboeta de dois incêndios. Mas o senhorio precisa de um inquilino que lhe pague todo o valor da renda, e não apenas socorra os curtos-circuitos periódicos.

E eu preciso de um quarto mais barato, de preferência sem a mancha que retorna no inverno — escura e aveludada. A estrutura de fungos filamentosos na parede do quarto às vezes parece um rosto, um mapa ou os circuitos elétricos que monto nos prédios revitalizados.

Há três meses tenho sido chamado para fazer reparos elétricos, o que torna a minha situação financeira um pouco melhor. Desde que cheguei a Portugal, já fui garçom, segurança, entregador de panfletos, motoboy, pedreiro, atendente e cuidador de idoso. E apesar desse currículo extenso, ainda tenho a esperança de um dia me tornar biólogo — confessei isso para a colônia de fungos antes de dormir. É um sonho de criança, mistura de cheiros, texturas, imagens e sons do quintal da casa dos meus pais à beira do rio Maratauíra; terra e rio, árvore de açaí, manga, jambo, mapará e caranguejo. Ficava fascinado quando abria os livros didáticos da escola e via as fotos microscópicas de plantas, frutas, fungos, vírus e bactérias; queria conhecer cada pedacinho daquelas estruturas, aprender sobre as suas comunicações, como os fungos conversam? Queria explorar a consciência das árvores, como sabem que irão ser exterminadas?

Aprender sobre circuitos elétricos me colocou no caminho do euro. Tenho conseguido enviar dinheiro para os meus pais, desde que eu continue a dormir em camas baratas.

O momento que mais gosto do meu trabalho é quando faço reparos nas fiações elétricas externas; a grua é acionada, sinto o frio na barriga quando meu corpo é erguido sobre os telhados, fecho os olhos e inspiro ar puro. Se eu tiver sorte, o sol pode estar a pino no inverno. Às vezes eu tiro o capacete, quero sentir a luz diretamente no meu rosto. Mas à noite, quando me deito na cama dentro do quarto abafado, a visão dos fungos na parede me faz querer adormecer, meu humor muda. Esse tipo que cresce na parede do meu quarto é o *Acremonium*, colônias resilientes que persistem após o apocalipse de cloro e água sanitária.

Amanhã termina o prazo. Agora caminho pela rua em busca de um quarto para alugar. A mulher que varre a esplanada do café acompanha o meu olhar. Ela sabe o que eu busco, fareja a minha fome.

"Muito bom dia!", o sotaque lisboeta e um sorriso polido.

"Um expresso, por favor", respondo instalando-me numa das mesas da esplanada.

Ela sacode a cabeça, descansa a vassoura na parede e entra no estabelecimento. Eu estico as pernas, sinto as botas pesadas, a pele grudada no uniforme; retiro o capacete e meus cabelos sentem o ar morno soprado pelo Tejo. Tenho apenas meia hora até retornar ao trabalho. Estou cansado, preocupa-me a dificuldade para encontrar uma nova moradia, mas hoje é dia de fazer reparos externos, uma grua me aguarda.

O aroma do café chega primeiro que a mulher.

"Você também é brasileiro?", o sotaque lisboeta desapareceu.

Trocamos algumas amenidades. Chama-se Ana, nasceu em Porto Alegre, quer saber há quanto tempo moro em Portugal, se já consegui trabalho, de que cidade eu sou.

Respondo a todas as perguntas com comedimento. Sinto-me inseguro, me causou desconforto ela ter forjado o sotaque português, embora não fosse nenhuma novidade para mim. É assim que acontece quando um americano vai morar na Inglaterra, uma amiga brasileira me explicou. É normal, os idiomas são canibais, ela garantiu.

Tomo um gole do café sem adoçá-lo, e pergunto a Ana se ela pode me indicar algum aluguel de quarto a preço amigável. Ela abre outro sorriso, tem uma informação privilegiada para me dar. Dois clientes a chamam em outra mesa.

Observo Ana caminhar até os clientes. Os dois homens falam espanhol, provavelmente amigos de longa data, um reencontro no início do verão. Em português altivo, Ana explica a eles o cardápio, o acento lisboeta vibrante em cada sílaba. O desconforto que eu senti quando ela suplantara o sotaque brasileiro transforma-se em estranhamento. Aprendi a apreciar os sons de uma outra língua ouvindo as conversas entre Nia e suas amigas. Nia é angolana, mora no quarto ao lado do meu, cursa doutoramento em línguas africanas.

"Um dia quero aprender umbundu", disse a ela, enquanto dividíamos a cozinha.

"Eu falo kimbundu."

Ela observava meu rosto como se enxergasse traços desconhecidos a mim.

"No Brasil, há apenas uma falante viva do xipaia", ela explicou. "Qual o nome da sua etnia?"

Eu não sabia. Nos diversos países em que morei na Europa, trabalhando como eletricista, algumas vezes perguntavam se eu era boliviano ou peruano. Brasileiro, nortista, eu respondia. Eles concordavam com a cabeça e resumiam: *Amazônia*. E por isso, a pergunta de Nia naquele dia levou-me outra vez a uma lacuna, uma parte de minha história continuava desconhecida, sem nome ou imagem. Eu conseguia falar somente do quintal da casa dos meus pais, os tipos de peixes, qual a melhor época do ano para capturar o mapará com a pesca de borqueio, a safra do açaí e de miriti, e as lendas.

O acento lisboeta de Ana me desperta dessas lembranças.

"Siga sempre à frente", ela aponta para o final da rua. "Tem um aluguel na casa de paredes amarelas, descendo a escadaria."

Coloco o pagamento sobre a bandeja e agradeço.

"Muito boa sorte", ela diz, o sotaque lisboeta novamente presente.

Afasto-me da esplanada. Ao longo da rua, contemplo paredes de casarões apinhados de janelas com vidros quebrados, concretadas em tijolos e remendadas com pedaços de madeira. Nas paredes, placas ou banners, avisos de "Revitalização", "Vende-se", "Arrenda-se".

Chego à escadaria formada por mais de trinta degraus. Um imenso lódão-bastardo, ressequido pelo inverno, ergue-se lá embaixo, um esqueleto em pé. Ao contrário das construções na rua, os prédios que cercam esta escadaria já estão todos reformados.

À minha esquerda, avisto o casarão amarelo de quatro andares, janelas pintadas e reforçadas, um aspecto acolhedor, sem vestígio de mofos. Desço dez degraus e aperto a campainha. Uma janela se abre. Olho para o alto e vejo, no segundo andar, a cabeça da senhoria.

"Há quartos para arrendar?"

"Peço desculpas, mas neste prédio já não há nada para arrendar", a voz desce, passa por mim e percorre os degraus da escada até o lódão-bastardo. "Nesta época do ano já não há quartos disponíveis em nenhum sítio desta cidade. Há tantos brasileiros morando cá. Quase todos os quartos estão ocupados por brasileiros."

Parado sob aquela janela, me sinto constrangido ao ouvir as explicações da senhoria. Por sorte, ninguém desce as escadas, e as janelas dos outros prédios estão fechadas.

"Há tantos estrangeiros, todos os dias, a bater em minha porta", ela mira a face sobre os telhados. "Quarto para arrendar, quarto para arrendar, quarto para arrendar..."

Agradeço. Ela acena com as mãos e fecha a janela.

Amanhã termina o prazo. Coloco o capacete e retorno ao trabalho. A grua sobe, eu flutuo sobre a cidade.

Por cima dos telhados que ocultam as cicatrizes do terremoto, vejo a silhueta das torres do Castelo de São Jorge. Da colina se aguarda a chegada dos invasores, desde o século I antes de Cristo.

Reza benzida em metal pesado

Omama *enterrou esse metal junto ao ser do caos* Xiwãripo. *Cercado por espíritos do vendaval* Yariporari, *está também sob a guarda dos espíritos guerreiros* napënapëri *dos ancestrais brancos. Se os brancos de hoje conseguirem arrancá-lo com suas bombas e grandes máquinas, do mesmo modo que abriram a estrada em nossa floresta, a terra se rasgará e todos os seus habitantes cairão no mundo de baixo.*

Davi Kopenawa e Bruce Albert, *A queda do céu*

Mercúrio, chumbo, alumínio, invasão silenciosa ao meu corpo. Estou enterrada aqui. Do útero para a sepultura, o meu corpo é o vestígio da invasão.

Hoje você entra no cemitério e mira a câmera do celular na minha sepultura, o retângulo de madeira enfiado na terra, o mato lardeando a cruz envelhecida. Você contempla as iniciais do meu nome, a tinta quase apagada. A sua mente cansada reconhece as iniciais, lidas incansavelmente na tela do seu notebook.

Durante os últimos meses em seu escritório na redação do jornal, você contemplava o meu nome e digitava detalhes (alguns) ao redor dele; checava as informações, planilhas, relatórios, mapas, folhas de pagamento. Você não desistiu, vasculhou o dossiê enviado anonimamente ao editor. Os documentos informavam que eu havia sido professora na escola da comunidade quilombola nos arredores da mineradora. Durante minha vida, recebi um salário irrisório, e não as cifras salariais invejáveis que constavam ao lado do meu nome na folha de pagamento do gabinete parlamentar do candidato à presidência do país.

Genealogia dos funcionários fantasmas, o editor sugeriu o título da reportagem. Mas o título lhe causava um certo incômodo, pois à medida que você reunia mais informações sobre o local do meu nascimento, recordava as vozes da sua infância, os relatos repetidamente contados pela sua mãe ao longo de toda sua vida, e sobre os quais ela garantia: eu ouvi tudo isso da sua avó. Quando sua mãe morreu, aqueles relatos ficaram dentro de você, por alguns meses, como um sussurro que se enfraquece ao longo dos dias. E quando o dossiê indicou o local onde eu estava enterrada, avidamente você checou os mapas e as fotos áreas. Aquela geografia fez ressurgir a voz de sua mãe — os relatos sobreviviam em você, resistentes ao soterramento. Então você comunicou ao editor a sua decisão de viajar ao Norte:

"Irei encontrar as ossadas", disse a ele.

"Não vale a pena", ele respondeu, sentindo-se pressionado no ano eleitoral, o risco de prejudicar a reputação do jornal.

Hoje você encontrou os meus ossos.

Eu trouxe você até aqui, a terra de nascimento da sua mãe.

Quando o avião ultrapassou as nuvens escuras às sete horas da manhã, você viu o emaranhado de rios lá embaixo, caminhos marrons por entre o verde da mata. O motorista contratado buscou você no aeroporto de Belém, percorreram quase duas horas pela estrada, afastando-se da cidade em direção à mineradora.

Às proximidades da segunda ponte, você avistou a silhueta das lápides do cemitério sobre um monte à beira do rio. Você pediu para o motorista parar o carro, desceu e caminhou até a ponte. Lá do alto, contemplou as copas das árvores, paredões verdes ao longo do rio. Um véu de Maya verde, você pensou, recordando a construção da ferrovia em meio à floresta, crescendo em direção ao porto. A estrada, ao contrário, já não consegue mais ficar oculta pela ilusão da floresta, os caminhões trafegam, as carrocerias pesadas e cheias de grãos de soja, bois e toras de madeira. E se você seguir a estrada, irá se aproximar cada vez mais das bacias de rejeito de minério.

Mercúrio, chumbo e alumínio, as palavras retornam à sua mente, não mais solitárias e pesadas, mas acompanhadas por todas as informações que já estavam no dossiê: o meu nome, este lugar, a foto da escola onde eu trabalhei, minha certidão de óbito.

"Não é apenas sobre funcionários fantasmas", o editor dissera a você, tentando persuadi-la a desistir da reportagem. "Isso é sobre a história daquele lugar..."

Ainda antes de entrar no cemitério, você abriu a galeria de fotos no celular e buscou a fotografia: ali estou eu, aos 37 anos, visto uma saia branca de pano e uma camiseta azul; estou em pé sob a árvore de samaumeira, em uma das mãos um livro, mantenho os olhos cuidadosos sobre os meus alunos, assistem à aula itinerante sentados sobre os troncos de madeira.

Você não deve procurar por aquela árvore e pela comunidade quilombola. A samaumeira morreu antes de mim. Talvez encontre alguns moradores da comunidade, afugentados pelas máquinas da construção da ferrovia.

Agora, sobre esta terra salpicada de bauxita, você ouve um ruído e olha para trás. É uma menina, 10 anos de idade, veste um uniforme escolar. Ela caminha na sua direção, vindo pelo ramal de terra que desce pelo acostamento da estrada e bifurca-se até o cemitério. As sandálias nos pés empoeirados esmagam o mato. Você reconhece o nome da escola no uniforme que ela veste, eu fui professora ali. Eis os fatos, você pensa.

Impulsivamente você mira a câmera do celular na menina, ato violento. A menina reage tampando os olhos com as duas mãos. Você clica repetidamente, até o momento em que a menina desiste e abaixa as mãos, exibindo para você os olhos marejados de lágrimas, talvez triste e ressentida, mas não envergonhada.

Você guarda o celular no bolso. A menina segue, passos largos em meio às sepulturas. Um pouco distante de você, ela para diante de um amontoado de terra. As minhocas tomam banho de sol, nenhuma cruz, somente restos de vela.

A menina se ajoelha, se benze e começa a rezar.

Você gosta de ouvir o som daquela reza, a voz da menina mistura-se à brisa morna e envolve o seu corpo. Você se senta no chão. Pela primeira vez desde que começou a analisar as informações do dossiê, você se dá conta do próprio cansaço — mente e corpo. Foram meses difíceis. No voo de São Paulo para cá, você reviveu a chegada do dossiê, a insegurança do editor quanto à veracidade das informações, a violência da campanha eleitoral, as ameaças que chegavam quase diariamente ao seu e-mail. O sono foi se tornando inimigo do seu trabalho, você queria permanecer acordada mais horas, concluir todo o trabalho antes das eleições presidenciais. Uma mistura de medo e expectativa. Havia entrado em um labirinto, afastando-se a cada dia do equilíbrio, tão apegada à sanidade. O caos que você enxerga ao seu redor, agora está dentro de você. Mas você quer sair desse labirinto, quer abandonar essa reportagem? Não, foi esse trabalho que reaproximou você de um pedaço da sua infância soterrado nos escombros do luto. Buscar informações sobre onde eu havia sido enterrada a levou para mais perto das vozes da sua mãe e da sua avó.

Das histórias contadas pela sua mãe, recordava-se especialmente da procissão de defuntos sobre o rio. Na época em que iniciaram a construção da mineradora na região, sua mãe tinha uns 12 anos. Além das balsas carregadas de contêineres que deslizavam no horizonte da baía, jurava ter testemunhado por diversas vezes — ao entardecer — o agrupamento de canoas percorrendo o rio no sentido contrário à correnteza, indo embora; fitas e bandeirolas de papel envelhecidas enfeitavam as embarcações, remadas por homens, mulheres e crianças de faces empalidecidas, olhares enterrados.

Às vezes você sentia vontade de perguntar à sua mãe se não havia sido tudo um sonho, se os relatos dela não eram lendas — como se fosse impossível existir memória dos tempos anteriores à devastação. Mas você escolhia não a interromper. Então ouvia a voz de sua mãe, repetindo para você a reza que vinha de dentro das embarcações errantes, ritmadas na orquestra de rio e floresta ao entardecer. Por isso, agora você reconhece a reza sussurrada na boca daquela menina.

O celular vibra no seu bolso.

Não procure por documentos na cidade, você lê a mensagem do editor. Mas o seu desejo é o oposto, você quer encontrar o meu nome completo, alguma história sobre mim, quem sabe consiga entrevistar algum morador que tenha sido meu aluno.

Busca e apreensão no jornal, outra mensagem do editor.

Você sente medo. A emoção represada ao longo do ano deságua sem barreiras, invade o seu corpo, as pernas estão fracas, veloz o sangue sobe à cabeça e você sente medo de perder o controle.

Você se aproxima da minha sepultura, ajoelha-se, e enfia as mãos por entre o mato. Sente a textura da terra quente e salpicada de bauxita. Depois você clica na tela do celular e abre o bloco de notas. Tenta digitar o texto da reportagem, mas as palavras não vêm.

A menina passa por você, a caminho da estrada.

"Adeus."

"Adeus."

Você abre novamente o bloco de notas do celular. Agora seus pensamentos estão mais nítidos, como se a reza da menina tivesse purificado a sua mente, reorganizado as palavras misturadas ao longo dos dias. Então você começa a digitar o texto para a reportagem:

A lama engolirá a terra...

Maré alta

"Expira... um, dois, três. Mantém sem ar... um, dois, três."

Eu repeti essas palavras quando entrei no carro, o celular pressionado contra a orelha. Balancei a cabeça na direção do motorista, um obrigado, e passei uma das mãos livres ao longo das calças e dos braços molhados pela água da chuva.

"Hoje ela veio junto com a maré", disse o motorista.

Concordei com a cabeça. No outro lado da linha, Alice respirava angustiada. Era o seu segundo ataque de pânico em um mês, e ainda sem ir à terapia, a teimosa. Dessa vez, o gatilho fora a notícia veiculada no telejornal de manhã cedo: o transbordamento da bacia de rejeitos de minério. As imagens áreas mostravam a lama vermelha escorrendo na direção do rio. Os pais de Alice ainda moravam em uma das ilhas nas proximidades do polo industrial; ela costumava visitá-los quase todos os finais de semana, viagem agradável de barco — prometera me levar um dia.

Alice não estava somente preocupada com o impacto ambiental do vazamento. Os seus pensamentos acelerados à levaram para um cenário além, ela temia pela vida dos seus pais. Ambos eram representantes da "Associação de Ribeirinhos", participavam ativamente das reivindicações ambientais na região, recebiam ameaças de morte constantemente. E assim, para cada desastre ambiental, o medo de Alice tornava-se mais intenso. Ela não admitia, mas categoricamente eu afirmava que isso definira completamente a sua escolha artística.

Alice era fotógrafa, conectava-se com a destruição, encontrava arte nos escombros: fotografava prédios abandonados, sobrados da *belle époque* escondidos atrás de placas de tombamento, grades enferrujadas, paredes sem reboco, palafitas submersas num mundo de água e musgo. A sua primeira exposição, *Estética da ruína*, fora montada em uma das salas da universidade. As silhuetas de ferros retorcidos, madeiras apodrecidas à beira do rio e motores de barco enferrujados chamaram a atenção de pelo menos duas ONGs de proteção ambiental. Alice recusou-se a conceder-lhes reportagem e cancelou a exposição. Não queria que sua arte fosse associada a discussões ambientais, não queria ser como os seus pais.

"A interpretação da arte não está sob controle do seu artista, Alice."

"A minha arte é a tradução de um sentimento, e não de uma geografia."

Talvez Alice tenha sufocado os seus sentimentos. Há seis meses que não produz fotografias.

Agora, dentro do carro a caminho da casa de Alice, penso que devo sugerir a ela retornar aos trabalhos, esforçar-se para tentar produzir alguma coisa. No outro lado da linha, a sua respiração parece menos ofegante. Continuo as minhas tentativas:

"Inspira... um, dois, três. Prende o ar... um, dois, três."

Enquanto eu repetia essas palavras, os olhos do motorista começaram a escrutinar meus movimentos, observando a forma como eu deslizava a mão pelos braços molhados, como pronunciava as palavras, como segurava o celular.

Imaginei que ele pudesse estar chateado pelos respingos de chuva no assento do automóvel, por isso pedi desculpas.

"Está tudo tranquilo", ele disse, os olhos de volta ao para-brisa. Os limpadores ziguezagueavam, pareciam dois caiaques prestes a se partirem sob a tempestade.

"Você consegue me descrever o que está à sua frente?", perguntei à Alice, após notar que o som no outro lado da linha silenciara bruscamente.

Meus olhos correram pelo painel do automóvel, procurando a sinalização de Wi-Fi, caso minha internet móvel falhasse. No GPS, vi que o carro tomaria a rota mais longa para a casa de Alice. Por isso, estiquei a mão até a tela e indiquei um atalho ao motorista.

"Essa região está alagada", ele disse, os olhos sobre a mão que eu erguera até o GPS do automóvel. Foi quando descobri que estava trêmulo.

"Ah, tudo bem, você está no seu quarto", eu disse à Alice, após ela fazer a descrição do ambiente. "Vamos continuar. Inspira... um, dois, três. Prende o ar... um, dois, três."

"Você vai repetir isso a viagem toda?", o motorista perguntou, irritado.

"Desculpa, ela é minha amiga, não está bem. Acho que é um ataque de ansiedade."

"Você é psicólogo?"

"Não, mas eu vi uns vídeos na internet. Acho que isso pode ajudar."

"No meu tempo isso não existia."

"Internet?"

"Não, isso que você falou: ansiedade."

"Há muitos casos na população."

"Viu isso na internet também?"

"As pesquisas..."

"Que pesquisas?"

"As científicas."

"Isso também não existia."

"As pesquisas?"

Ele tirou uma das mãos do volante e apontou para a calçada à direita do automóvel. Olhei naquela direção e vi um casal, de mãos dadas, debaixo de uma sombrinha prestes a ser levada pelo vento. Os tênis dos dois homens estavam cobertos pela água que descia em torrente pela calçada.

"A que horas a sua mãe chega?", perguntei à Alice, baixando os olhos para o GPS.

O motorista soltou o ar. Olhei-o de relance. Ele sorria, como se tivesse acabado de constatar algo que estivera pensando desde que eu entrara no carro.

"Olha lá, são dois homens, você não viu?", ele insistiu, apontando outra vez para o casal na calçada.

Não foi a sua voz, perceptivelmente alterada, que fez eu sentir um espasmo no peito e o sangue subir à minha cabeça, me deixando surdo. O olhar dele me deixou com medo. Não que esse tipo de olhar seja incomum, mas ao longo dos anos, eu aprendera a evitar situações em que tivesse de enfrentar essa centelha inquisitiva. Por alguns segundos, sobressaltado, eu não consegui mais ouvir a voz de Alice.

O motorista descarregou a raiva quando foi obrigado a frear no sinal vermelho. Bateu as duas mãos com força no volante. Através do para-brisas, vi a silhueta do casal afastar-se da calçada com passos rápidos e começar a atravessar a faixa. O motorista desativou os limpadores de vidro. A água da chuva, caindo e escorrendo furiosamente sobre o vidro do carro, rapidamente engoliu a imagem dos dois homens lá fora.

Dentro do carro, me senti sufocado e não consegui mais continuar a orientar Alice. E tampouco conseguia ouvir a minha própria respiração. Eu estava me afogando no medo que o julgamento daquele homem me causava, e da possível reação que dentro dele se inflamava.

Olhei para a porta do carro e chequei se era possível abri-la por dentro. Levei a mão esquerda ao cinto, decidido.

Ouvi novamente o som da minha própria respiração quando cheguei à calçada da casa de Alice. Acho que corri uns três quarteirões ou mais nas ruas alagadas, afastando-me daquele carro.

"O rio subiu de novo", Alice disse, abrindo o portão de sua casa.

Tirei os óculos e abracei minha amiga. Eu não queria olhar para trás. A chuva continuava a cair sobre a cidade.

Encantaria de rio

Esse rio é minha rua,
Minha e tua, mururé
Piso no peito da lua
Deito no chão da maré
(...)
Rio abaixo, rio acima
Minha sina cana é
Só de pensar na mardita
Me alembrei de Abaeté

Rui Barata & Paulo André, "Esse rio é minha rua"

"A luz continua seguindo a gente, filho."

"Luz não tem vontade. Deve ser um vaga-lume perdido."

"Um vaga-lume desse tamanho?"

"Eu vou remar mais rápido. Se for um barco, a maresia avisa a gente."

"Barco não desliza assim na água."

"O barco imenso que desembocou lá no furo deslizava..."

"E tinha uma luz viva como essa?"

"O refletor cegava. O compadre tampou a cara com o chapéu e gritou: É uma visagem! Eu fiquei embaralhado. Ninguém quer encontrar com uma no meio do rio."

"Eu sei, filho... Visagem aparece, ali na frente de quem não quer ver, do jeito que vem, aparecida."

"Eu não queria ver. E não foi, não era visagem. Ficou sendo visagem só o pedacinho de tempo até o compadre reconhecer uma de suas crias. Foi o que ele disse, todo se gabando. Reconhece todas as embarcações que já calafetou nos estaleiros de Abaetetuba."

"E tinha alguém dentro?"

"Ninguém. O rio Maratauíra foi levando, levando, até fazer o casco encostar na ponte da casa do compadre. Ele se levantou da rede, mesmo doente, e foi descalço até lá; arriou a mão pelo casco, sentiu o cheiro e reconheceu a madeira: itaúba. Ele sabia até de qual estaleiro ela tinha saído."

"Cego há tanto tempo, então o compadre matou a saudade."

"Eu não acreditei que fosse barco nascido nessas bandas. Podia ser resto de assalto. Mas o compadre pediu para eu lhe ajudar a entrar no barco. E sabe o que a gente achou lá dentro? Um tucano talhado em miriti, pendurado em cima do leme, o bico pretinho, parece os bichos que a Nina talha."

"Tucano assim, de bico pretinho, só a Nina sabe fazer."

"Eu nunca soube de barco passeando sozinho pelo rio. O compadre logo começou a contar mentira. Disse que barco passeador é presente da ilha da Pacoca."

"Saudades de quando a Pacoca passeava por aí, encantada. Agora a ilha está sumindo, diminuindo."

"E ilha some?"

"O que não some por aqui, filho? Ano passado o rio Murucupi morreu, ficou branco. Não demora, vai chegar a vez desse rio aqui, que é parente do Murucupi. Mas antes, a ilha da Pacoca vai ficar menor que um caroço de açaí..."

"Vai sumir igual o cemitério?"

"Tu não acredita na memória de gente velha, mas não esquece os causos que ouve."

"E como arranca voz de avó da cabeça? Está aqui dentro, guardado... A vovó contando sobre o Dia de Finados que ela remou até o cemitério. A vela de sete dias e sete noites, vestido branco de chita, a canoa pintadinha. Remou, remou, e cadê o cemitério que tinha lá na cabeceira da ponte? A fábrica engoliu o cemitério."

"Procissão de defunto todas as noites, durante treze dias. A gente via passar na ilharga da ilha, tudo indo embora, montaria enfeitada, bandeirinha de São João desbotada, aquele bando de falecido, remando, indo embora dessas bandas, fugindo da fábrica. Agora quem foge é a gente, do caulim e da ferrovia."

"Vai ter muito emprego para a gente, quando a ferrovia chegar. Eu ouvi no rádio."

"E peixe, meu filho, será que vai ter?"

"Isso quem sabe é o rio."

"O rio desencantou. Não sabe mais nada. Consegue ouvir a respiração dele?"

"Eu não sei ouvir respiração de rio."

"E não sabe reconhecer uma visagem. O compadre, sem visão, recebeu a visita de uma na porta da casa."

"Mas aquilo não era visagem, minha mãe. Era só um barco."

"Olha! A luz continua flutuando sobre o rio, bem pertinho da gente."

"É uma canoa, por isso não tem barulho de motor. A luz é uma lamparina. Quem vem aí?"

"Não adianta perguntar."

"Até parece que o rio engoliu a minha voz. Só escuto a maré batendo na terra."

"Isso é a respiração do rio: a cantoria da maré tocando a terra. Continua a remar, meu filho, e não olha para trás."

"Quem vem aí?"

"Ela nunca responde. É a Pacoca que segue a gente. O luar está me mostrando o pedaço de terra flutuante, onde o rio ainda respira. A luz acesa lá no meio é a vela na casa de algum morador, que dorme sem saber que a ilha passeia pelos rios. É o último passeio da coitada, antes da ferrovia chegar."

"A senhora tomou cachaça outra vez..."

"Se eu encontrasse um engenho ainda funcionando, tomava sim."

"Hoje a senhora está cheia de saudades."

"Não olha para trás, meu filho. Continua remando..."

Memorial do ano do delírio

Os meus pés tocam a água escura do rio Tapajós.

Quando os dois tiros atingem o meu corpo, a dor ativa sinapses em meu cérebro, uma guerra de neurotransmissores e circuitos elétricos desenfreados, imagens de todas as memórias acumuladas ao longo dos meus 37 anos.

Vejo o rosto do homem, o sorriso iluminado aos 24 anos. Aquele sou eu recebendo o diploma do comando da polícia. Ali também está o menino que fui.

Ouço as sirenes das patrulhas policiais. Uma perseguição. Estamos tentando encurralar os dois bandidos que dirigem uma motocicleta e apontam suas armas o tempo todo para nós.

A última imagem é interrompida na minha memória. Recebo a medalha de bons serviços prestados ao estado. As duas mãos do governador colocando a insígnia no meu peito. Os meus colegas no trabalho me apelidando de "Tiro Maravilha". Eu chegando em casa e encontrando a minha esposa sorrindo. O exame de gravidez na mão dela.

O telejornal exibe as imagens feitas por um morador da favela. Os dois bandidos saltando da moto encurralados ao final de uma rua. Eu avanço sobre eles com as duas armas em mãos.

"Ajoelhem-se", eu grito. E disparo dois tiros em cada cabeça.

Foi uma execução, a repórter sentencia na televisão. Nas ruas, a marcha das ONGs de direitos humanos irrompe. Nas faixas, o meu rosto e a palavra monstro.

Não lembro em qual dia fui afastado da polícia.

Lembranças intensas da cobertura jornalística. As informações vendidas ao público veiculavam que eu fora afastado e obrigado a prestar serviços à comunidade.

ONGs promovendo outra marcha em memória dos dois bandidos. "Adolescentes", foi assim que os ativistas batizaram os dois.

A nota oficial da imprensa e do comando da polícia é uma cortina de fumaça. Nenhuma instituição quer perder o "Tiro Maravilha".

Torno-me segurança particular de um juiz federal. Estou protegido, óculos de sol na cara, colete à prova de balas.

Meu filho aos cinco anos de idade chegando da escola aos berros. Um coleguinha o mordeu na orelha. Eu digo ao meu filho que na próxima vez ele deverá reagir às agressões.

"Você tem que ser machão, meu filho."

Eu acordo ao meio-dia de um sábado. Dez chamadas perdidas no celular. Retorno a ligação para o número e ouço a voz daquele homem.

É o mesmo homem que, duas semanas depois, vem na minha direção quando busco meu filho na escola. Ele está acompanhado de cinco seguranças.

"É pegar ou largar", ele faz a proposta.

Um mês depois compro um carro novo e minha esposa quita as mensalidades da escola. Não conto a ela de onde saiu aquele dinheiro. Ela me beija e deseja boa sorte, eu feliz com o pagamento da missão adiantado.

Eu saio de casa e busco o excelentíssimo senhor juiz federal. Antes de chegarmos ao tribunal, o carro é alvejado por tiros de fuzil. Eu fico cego de um olho, o que não estava na proposta, mas serviria como um álibi. O juiz é encaixotado para sempre numa urna, maior do que a urna eletrônica que me encara no segundo turno das eleições presidenciais. A seção eleitoral está montada dentro de uma oca.

Vejo o sagui enfiado no emaranhado de fios do cabelo da Pajé. Abro um sorriso. Ela permanece calada sem mover o corpo desde que a chuva começou, há uma hora.

Pergunto ao mesário da seção eleitoral se os outros índios continuam incomunicáveis. "Eles fugiram de madeireiros ou de garimpeiros?"

O mesário explica que encontraram o cacique morto.

Os olhos da Pajé continuam abertos e mirados sobre mim. Sinto que gosto do brilho que vejo naqueles olhos. A traquinagem do sagui em sua cabeça me faz recordar o meu filho. O animal salta da cabeça da Pajé e corre até mim, escala as minhas pernas e enrola o comprido rabo ao redor do meu ombro direito, onde se senta e mexe no meu cabelo.

Fecho os olhos e vejo a face do meu filho. Lembro de fotografar o sagui e mostrar para ele. Então posiciono a câmera do celular. Uma mistura de inúmeros reflexos alinha os meus olhos ao espelhamento nos olhos do animal. Ao fundo, o verde desfocado da floresta.

O mesário avisa que já são quatro da tarde. Há previsão de mais chuva. Ele encerra a urna eletrônica, me mostra o pen drive onde são armazenados os dados recolhidos. Eu digo a ele que quatro famílias de índios não apareceram para votar.

Ouço os tiros.

Vejo a Pajé caída no chão.

Mais tiros.

O mesário começa a correr para longe da oca. Quero dizer a ele que os madeireiros não têm motivos para nos matar, mas ele já está correndo na direção da clareira onde o helicóptero deve pousar para nos buscar.

Um tiro atinge o mesário na altura do estômago. Eu me aproximo de seu corpo. Ele me estende a mochila, o pen drive com os dados da votação está lá dentro.

Um tiro atinge o chão próximo aos meus pés. Arranco a mochila das mãos do mesário e começo a correr na direção da clareira.

Tiros.

Tiros.

Quando chego à clareira, o helicóptero ainda não pousou. Aproximo-me do rio. Meus pés tocam a água escura do Tapajós. Dois tiros acertam meu corpo.

O ano do delírio

Foi Santiago quem concebeu o blog *@diário_da_ruína*, para a publicação de experiências oníricas durante o ano das eleições presidenciais. Ele acreditava que, dessa maneira, poderíamos criar algum tipo de comunicação com os sonhos de outras pessoas, uma espécie de teia onírica virtual, um legado para as próximas gerações.

"Aqueles que vierem depois de nós irão conhecer profundamente tudo o que estamos sentindo neste ano", ele explicou.

A ideia para o blog surgiu quando Santiago teve seu primeiro sonho com hipopótamos, em meados de março. Estávamos na fase inicial de análise dos projetos de dissertação no grupo de pesquisa da universidade. O tema de Santiago era sobre as supostas correspondências entre o escritor paraense Dalcídio Jurandir e Clarice Lispector, após a passagem da escritora por Belém do Pará, em meados da década de 1940. Não havia consenso quanto à autenticidade daquelas correspondências, mas Santiago estava entusiasmado, separava e analisava os trechos nos quais os escritores falavam sobre ecologia. O seu objetivo era encontrar projeções sobre o futuro.

O entusiasmo de Santiago não o tornou imune às provocações ideológicas de Laura. Embora ambos estivessem apaixonados um pelo outro, Santiago precisava passar pelo teste de Laura, o seu ego literário e acadêmico. Quando Santiago acabou de apresentar o seu projeto, Laura sentenciou:

"Tudo começa e acaba em Machado de Assis. Para falar de ecologia, você precisa ir ao capítulo sete de *Memórias póstumas de Brás Cubas*."

Santiago não tinha asco aos clássicos.

"Eu não tolero a lei suprema do machadismo crônico", ele dizia.

"Uma releitura de *Brás Cubas* à luz do falecimento da democracia", Laura também apresentou o seu tema de pesquisa naquela reunião. Defendeu que o enredo da obra machadiana se resumia a uma "metáfora profética" sobre a sociedade brasileira.

Para revidar a humilhação a qual fora submetido, Santiago riu durante a apresentação de Laura, mas ela não revidou. Convicta, continuou ao limite de declarar que o personagem Brás Cubas representava a República, e o emplasto seria a democracia. Constrangida, tentei entrar na atmosfera argumentativa de Laura:

"Talvez seja mais coerente associar a figura de Brás Cubas ao Império."

Mas Laura me ignorou, eu estudava Kafka. Ela duvidava que os escritos do tcheco não tivessem sido jogados ao fogo e reescritos pelo amigo dele.

"E os vermes?", Santiago provocou Laura naquela reunião. "O que são os vermes comendo as carnes podres da República?"

Laura calou-se, ainda não tinha uma resposta.

Uma semana depois, Santiago nos procurou, e nos revelou os sonhos recorrentes com hipopótamos.

"O capítulo sete do *Memórias póstumas* está no inconsciente coletivo", Laura disse.

E assim foram reduzidas as possibilidades de um namoro entre Laura e Santiago. Mas os sonhos do meu amigo persistiram: montado em um hipopótamo, ele visitava os escombros de uma terra desconhecida, avistava vultos, prédios cinzentos, ferros, portos abandonados, desolação. E após uma manhã de insônia, ele propôs o blog *@diário_da_ruína*, o que foi considerado um atestado de loucura por alguns colegas.

A Laura não aprovou a ideia. Considerou que a descrição de experiências oníricas poderia ser confundida com uma tentativa frustrada de narrar uma distopia. Laura acreditava que o mercado literário iria se inflar de distopias nos próximos anos, e não tínhamos habilidades literárias para sedimentar um mundo distópico.

"Falem sobre os nossos dias, sobre o que estão vivendo", ela dizia.

Eu considerei a ideia de Santiago um pedido de socorro. Fui a primeira a concordar em fazer os registros dos meus sonhos. Em outros momentos, havíamos trocado impressões sobre os meus estudos de Kafka, sobre como nos sentíamos diante da polarização política, a violência nas redes sociais, o retrocesso nos direitos humanos; talvez por isso Santiago não se surpreendeu quando comecei a enviar para ele os meus registros. Ele fazia o trabalho de inserir diariamente no blog. Depois outros integrantes do grupo também começaram a participar. O blog ganhou visibilidade, outras pessoas, de diversas partes do país, começaram a enviar para os nossos e-mails suas experiências oníricas. Encontrávamos similaridades naqueles sonhos, outros como nós, sufocados no medo social que se intensificava nesse ano. Sentíamos que algo de terrível começava a se instituir no país.

Então o blog foi hackeado, todas as postagens desapareceram. Perdemos o acesso à conta. Fomos intimados a depor em uma delegacia de polícia, estávamos sendo acusados de crimes contra a democracia e incitação a levantes ideológicos. Laura e a nossa professora de escrita criativa testemunharam a nosso favor, explicaram ao delegado que o conteúdo do blog não era composto de sonhos de verdade, mas de textos literários. Não fomos indiciados, mas proibidos de veicular conteúdo semelhante na internet.

Ao longo dos meses, eu e Santiago reescrevemos nossas experiências oníricas. Quando fomos agradecer a Laura a ajuda na delegacia, ela nos contou que queria integrar o novo projeto:

"Agora que é ficção, eu posso escrever alguma coisa."

Nunca perguntamos a Laura se o seu texto fora extraído de algum sonho, e ela não nos questionou pela nossa falta de realismo. O projeto foi batizado de *Tríptico da ruína*, é composto por três descrições oníricas.

O primeiro delírio:

Na noite de Réveillon, senti uma pesada inadequação e uma expectativa ruim sobre o próximo ano. Havia aceitado encontrar Laura, somente por causa da maldita regra de acolher alguém em sofrimento. Mas me sentia também culpado por isso, eu não queria estar acompanhado de ninguém, e principalmente de Laura, a quem toda a literatura escrita em língua portuguesa se resumia a um escritor que tornara personagem um defunto.

O que me levou a ir encontrar Laura foi a constatação de ela, assim como eu, sofrer silenciosamente todas as violências a que havíamos sido expostos durante aquele ano nas redes sociais. Ela, massacrada por tentar analisar o cenário político a partir de Memórias Póstumas, e eu por estudar as correspondências de um escritor comunista.

Às 23h30 Laura ainda não havia chegado ao ponto de encontro. Então comecei a caminhar pelo calçadão na direção das ruas. Procurei algum lugar onde eu pudesse me sentar. Acho que subi uns dois ou três quarteirões, no sentido contrário ao da praia. Parei, saquei o celular do bolso e enviei a Laura a minha localização.

Após guardar novamente o celular no bolso, comecei a ouvir uma música. Zé Ramalho cantava nas frequên-

cias de algum rádio. Quando procurei pelo som, vi mais à frente um homem de bigode grisalho e boné na cabeça. Ele fumava um cigarro, em pé diante da portinhola de um boteco. Aproximei-me e o velho fez um cumprimento de cabeça, seguindo para dentro do estabelecimento. Eu seria o único cliente.

O boteco era estreito, compactado entre um prédio de três andares e uma casa. Em seu interior, abrigava três mesas, o balcão de madeira com uma vitrola ligada, caixotes de cervejas empilhados ao fundo. A infiltração nas paredes parecia tatuagem no amarelo desbotado da pintura. Sentei-me e pedi uma cerveja.

"A cerveja acabou. Só temos caipirinha", disse o velho, passando para trás do balcão.

Eu aceitei.

Quando Zé Ramalho anunciou que "Do objeto-sim resplandecente descerá o índio", eu estava na segunda caipirinha. Empolgado, já erguia a mão para pedir o terceiro copo.

A mistura de álcool, limões especiais e todas as faixas de Opus Visionário agitaram em meu cérebro as lembranças de um ano que agonizava em segundos finais.

Não me assustei quando senti a primeira vertigem, acompanhada de imagens e pensamentos acelerados. Pesquei um desses pensamentos, tentei mantê-lo no meu foco de atenção: eu e Laura estávamos com medo do próximo ano, estávamos fugindo durante este Réveillon, tentando ficar juntos, por algumas horas que fosse. Não sabíamos como seriam as nossas vidas a partir de janeiro, após a posse presidencial.

Puxei o celular do bolso e não havia nenhuma mensagem de Laura. A tela do celular tomou proporções gigantescas, e flutuou à minha frente em uma vastidão escura, o universo? Ao fundo da tela, enxerguei a silhueta de uma esfera. Mas antes que eu pudesse afirmar para mim mesmo que sim, aquilo que eu estava observando lá embaixo era o planeta Terra — redondo e azulado —, ocorreu algum tipo de interferência de ondas eletromagnéticas em meu campo de visão. Senti um choque. Então a esfera que eu via foi achatada. Tornou-se plana.

Diante daquela visão, engoli desesperado mais um gole de caipirinha.

Ao abrir novamente os olhos, eu não estava mais sentado na cadeira de madeira do boteco, mas em uma poltrona de cor metálica. O assento e o encosto conectavam-se ao meu corpo através de pequeninas ventosas gelatinosas. Minha cabeça estava coberta de eletrodos.

À minha frente, uma tela imensa de plasma exibia indicadores de pressão arterial, sanguínea, localizadores de pontos de dor nos músculos e ossos. O meu mapa cerebral em três dimensões era exibido no canto superior direito da tela — o meu córtex frontal, o *hipocampo e a amígdala cerebral estavam todos ali, pelados e envergonhados.*

Através de fones conectados aos meus tímpanos, ouvi uma voz. Reconheci o som como sendo um timbre semelhante ao do velho que me atendera no boteco, mas ameaçadoramente disforme:

"Seja bem-vindo ao processo de reciclagem ideológico compulsório. Após cuidadosa análise, comprovamos que suas ligações sinápticas e níveis de neurotransmissores estão diametralmente opostos ao esboço de país que estamos formulando para o próximo ano. Alertamos que no caso de abandono voluntário desta reorganização cerebral, o usuário receberá automaticamente em seus dados cadastrais o acréscimo de um adjetivo: reacionário."

"Escute a minha voz, Santiago!", ouvi a voz de Laura, como um raio cortando o meu delírio, uma interferência menos audível, tentando se sobrepor à do velho.

Eu podia ouvir Laura, mas não a via. À minha frente, apenas a imensa tela.

A voz disforme do velho prosseguiu:

"Ao término desta reciclagem, quando o seu cérebro estiver reorganizado, o senhor irá atuar na propaganda governamental. Portanto, seu trabalho será enviar, diariamente, as informações que em breve lhes serão apresentadas."

"Preste atenção na minha voz!", *Laura novamente.*

Senti uma pressão em minha mão direita. Supus que fosse Laura, em alguma dimensão não delirante. Antes que eu pudesse confiar na sua ajuda, ela demonstrou que não estava disposta a abandonar seu cruel fundamentalismo machadiano:

"Procure pelo hipopótamo! Procure pelo hipopótamo!"

Quis soltar a mão de Laura e sucumbir ao delírio. Questionei-me se não era ela quem delirava, para sempre aprisionada no capítulo sete de Memórias póstumas de Brás Cubas.

A voz do velho outra vez:

"Nós estamos reprogramando a história deste país. Uma nova civilização nascerá."

As imagens seguiram-se muito rapidamente, em cascata, mudando velozmente diante de mim. Vi um homem preto sendo retirado à força de um casarão, os policiais o jogam na calçada. Naquele chão, uma fogueira queima os rascunhos de um livro escrito por ele. Eu leio o título e sinto desespero.

Uma luz vermelha de emergência surge na tela, acompanhada da mensagem:

"Reações incompatíveis aos registros históricos!"

Após alguns segundos, a minha condenação:

"Subversivo."

Senti um terrível choque no corpo, como se tivesse sido baixado ao chão. Quando abri os olhos, eu ainda estava no bar. Ao meu lado, Laura tentava me servir café.

"Não era um delírio!", Laura disse. "Você foi levado pelos hipopótamos..."

Com a vista turva, tentei enxergar o que estava sendo transmitido na televisão fixada na parede do boteco. Mas a ressaca permitiu a mim enxergar apenas o vulto de um homem que subia a grande rampa do Palácio do Planalto.

Afinal, o hipopótamo trouxera-me até esta ruína.

O segundo delírio:

"Quando iniciaram os sintomas?", o cientista perguntou.

"Durante a última viagem", respondi.

"Qual foi o estímulo?"

"A pintura."

"Informe o local da viagem e a pintura."

"A minha doença começou em Buenos Aires, no Museu de Arte Latino-Americano. A pintura: Abaporu."

"Quais foram os sintomas iniciais?"

"O torpor, repentino e agudo. Depois, senti meus pés pregados ao solo. Uma sensação de queda iminente. O desmoronamento. Diante de mim, o Abaporu contorceu-se, mordeu os próprios membros rechonchudos, *arrancando pedaços de carne. A mão ensanguentada saltou da tela e apertou meu pescoço."*

"Qual a rotina que antecedeu a sua entrada no Malba?"

Senti medo em mencionar meu cenário familiar. Nada sobre as conversas que ouvi durante o ano, os maléficos noticiários televisivos. E principalmente, não me queixei ao cientista sobre as redes sociais, a arena de matança.

Mas a você, preciso contar sobre todos os outros dias. Os meses e dias quando os canibais começaram a despertar, a sair das tocas. Todo dia descobríamos um canibal, novíssimo, dentes amolados e brilhosos diante das câmeras dos telejornais, sorrisos famintos. Suas ideias replicavam-se em todos os meios de comunicação.

Esclareci ao cientista que não busco um diagnóstico para minha doença. Tenho a hipótese de que fui acometida, naquele ano, por um subtipo latino da Síndrome de Stendhal.

"Não se preocupe", o cientista disse. "Não há chances de você sofrer outro surto."

Após a epidemia, o governo recolheu todas as obras de arte. Eu apenas sofrerei outro surto se eu for trancafiada em um daqueles lugares onde os doentes esconderam as esculturas e pinturas. Eles insistem na apreciação clandestina da arte. Antes do meu último surto, não compreendia este paradoxo. Mas descobri o motivo pelo qual os doentes salvaram tantas artes.

Você também precisa saber.

Nos meses anteriores às medidas governistas de confisco das obras de arte, eu escapei diversas vezes das manifestações que ocupavam a grande avenida. Em uma daquelas noites, fui empurrada através das ruas. Escutei tiros e explosões. É uma grande sorte que eu não esteja cega ou com cicatrizes pelo corpo. As balas de borracha da polícia percorrem caminhos curtos até os olhos, cabeças e costas dos corpos pretos.

Quando avistei a entrada do metrô mais à frente, desci as escadas imundas. As linhas de metrô não funcionavam há meses. Lá embaixo, frio e escuridão.

Na plataforma, mantive o afastamento do vento gelado que percorria o fosso. Agachei-me e me agasalhei sob um banco de metal, cobrindo-me com uma fétida bandeira de TNT. Naquela posição, deixei os meus olhos mirados na escuridão.

Durante a madrugada, ouvi os ruídos de passos sobre os trilhos do metrô. Sombras disformes se projetaram nas paredes do fosso. Alguém se aproximava, caminhando a passos lentos sobre os trilhos.

Eu aguardei.

Vi surgir a silhueta de uma mulher, envolta pela luz fraca de uma lanterna pendurada em seu pescoço. Nos braços, ela carregava uma tela — não mais *do que 25 centímetros de altura — envolta num pano preto.*

Ela seguiu caminhando pelo túnel, cruzou o arco à direita e desapareceu. A escuridão retornou sobre mim. Ouvi os passos secos daquela mulher durante alguns minutos antes da explosão. Tampei os ouvidos e vi o clarão das chamas irradiando com fúria até a plataforma.

Ao ouvir os pedidos de socorro da mulher, instintivamente rastejei para dentro do fosso. Com o corpo agachado sobre os trilhos, pude avistar, a cerca de uns cinquenta metros de onde eu estava, o ponto exato da explosão da bomba. Desloquei-me com cautela naquela direção.

Vi inicialmente um braço humano, decepado, caído sobre os trilhos. Mais à frente, vi a entrada de um dos grandes tubos que se abria na parede do túnel principal. A mulher estava estirada lá dentro, o corpo imóvel.

Por descuido, provoquei um ruído com os pés nas ferragens do trilho. Isto fez a mulher erguer a cabeça em minha direção, nenhum traço de humanidade. A pele de seu rosto estava terrivelmente queimada, uma gosma prestes a deslizar. O osso frontal estava exposto em meio aos fiapos de cabelo. Quando ela tentou falar, os ossos do maxilar deslizaram. Sua última comunicação foi erguer o único braço que lhe restara e apontar em direção ao interior daquela tubulação.

Tirei a lanterna do seu pescoço e mirei-a para o interior da tubulação. Vi marcas de sangue nas paredes e no teto. A tela deveria estar dentro da galeria.

Comecei a percorrer a tubulação, indo na direção indicada pela mulher.

Após vinte metros, a luz da lanterna revelou uma pequena entrada, à esquerda. Apressei-me até lá e vi o sangue respingado no chão. Enfiei-me naquele tubo e rastejei por cerca de dez metros, até chegar a um fosso. Quando iluminei o recinto, descobri que era uma pequenina sala de controle dos circuitos elétricos do metrô.

No canto inferior do cubículo estava a tela, na posição vertical e coberta pelo pano escuro. Deslizei para o cubículo e desliguei a lanterna. Na escuridão, removi o pano que a envolvia. Após recuar um passo, fechei os olhos e apontei a lanterna na direção da tela. Pressionei o botão. Ao abrir os olhos, a luz revelou-me os traçados lúgubres da obra Resignação diante do irreparável, de Ismael Nery.

Meus olhos moveram-se pelos contornos da figura pintada em guache no centro de uma arena. De face opaca, sem olhos e boca, equilibrava-se sobre a perna direita, a única que lhe restava. O braço esquerdo é ausente, traz uma cavidade escura cravada no ombro. Da base de sua coxa esquerda, transborda uma matéria não humana, filetes delgados como vermes ressequidos.

Contemplei o céu branco que cobria o manequim, três nuvens escuras, sem sol. Senti-me desesperada diante da silenciosa espera de um flagelo futuro. Mas não consegui desligar a lanterna ou fechar os olhos. Eu queria ver e sentir, capturada pelas cores, formas e traçados da pintura.

A sombra do manequim multiplicou-se e deslizou, viva, sobre a arena. Dali ergueram-se milhares de vultos, uma assembleia de canibais ávidos por devorar rios, florestas e toda a gente abaixo da linha do equador.

Ouvi sussurros e frases de ordens. Os canibais reescreviam a constituição.

O terceiro delírio:

O cubo de vidro no alto da colina foi a única arquitetura que sobreviveu aos incêndios. Apenas três pessoas subiram a sua rampa cinzenta. Eu fui a terceira.

Durante a subida, tive a estranha sensação de desmoronamento, o tempo ínfimo das sensações mentais, o instante no qual uma ideia perece.

Ao me aproximar da entrada, distanciei-me dos gritos de protestos vindos da infindável fila de pessoas lá embaixo. Cruzei a porta translúcida e entrei no amplo hall do Tribunal. No centro, avistei o homem vestido em terno azul-marinho e colarinho branco.

"Então você veio", cumprimentou-me.

"Considerei a oferta", mantive o comedimento, de acordo com o planejado. Eu pretendia aguardar o momento adequado para emitir o estímulo verbal que o levaria a me revelar o motivo pelo qual eu havia recebido a oferta de trabalho.

"É uma escolha promissora", ele caminhou em minha direção. "Uma vez que o emprego tenha sido aceito, não há condição de retorno. A partir do momento em que você entrar no Tribunal para cumprir as suas funções, você deverá se manter em completa clausura até o dia de sua aposentadoria. Há possibilidade de descanso uma vez ao ano, em subserviência à Nova Constituição."

"Repasso a você algumas informações gerais. Após o hackeamento de aplicativos de mensagens e e-mails de todos os parlamentares e civis, a população saiu às ruas, as instituições não conseguiram responder a tempo, o país foi tomado por incêndios, saques e motins. O Tribunal conseguiu recuperar o controle sobre todo o conteúdo hackeado, o que resultou na criação de um banco de dados. Desta maneira, o Tribunal almeja reinstaurar um sistema democrático pautado pela ética e subserviência à Nova Constituição."

"Antes de restaurar o sistema, o Tribunal cumprirá a missão de analisar todo o material que integra o banco de dados. Pela Nova Constituição, a imprensa ou quaisquer outros habitantes não possuem as prerrogativas necessárias para a leitura do material. A fila de pessoas lá fora é de candidatos interessados à vaga de trabalho que foi ofertada exclusivamente a você. A Nova Constituição não preconiza dispositivos de ajuda humanitária a toda essa gente."

Ao ouvir a palavra "humanitária", lancei os olhos na direção dos vidros que envolviam o Tribunal, nunca blindados, constantemente renovados quando quebrados. A fragilidade proposital. Esta ausência de opacidade, um triunfo da arquitetura neodemocrática, tinha como objetivo gerar na população o sentimento de que era possível saber e conhecer tudo o que ocorria dentro do Tribunal.

Do interior do cubo eu via a fila de pessoas que serpenteava desde a base da colina até desaparecer por entre a fuligem.

"Desde os grandes incêndios, apenas dois habitantes alcançaram o pleno exercício deste trabalho", o homem continuou a falar, agora mais próximo de mim. "Mas, infelizmente, uma desistência e uma punição. Você é a nossa última esperança."

Outra pausa.

"A sua tarefa neste Tribunal envolverá análise e tomada de decisão. Você deverá realizar leituras diárias, e ininterruptas, de todos os arquivos reunidos no banco de dados. E a cada material analisado, você deverá tomar decisões quanto ao conteúdo lido."

"Que tipo de decisão?"

"A mais simples. O Tribunal elaborou duas categorias de decisões quanto ao material hackeado: 'ético' e 'não ético'. Otimização aliada a um controle eficaz. As definições para os conceitos citados estão devidamente reelaboradas de acordo com o Dicionário Soberano. Portanto, após o seu aceite formal, o Tribunal fará um treinamento de forma a garantir o aprendizado adequado dos termos e a aplicabilidade ao conteúdo a ser analisado. Somente após esta etapa é que você poderá manusear o banco de dados."

"Estas duas palavras agora são propriedade deste Tribunal. Todas as palavras foram ressignificadas, de maneira a garantir os quesitos necessários para o restabelecimento da democracia sem o viés ideológico presente antes dos incêndios."

Ele fez uma pausa, enquanto verificava o relógio em seu pulso. Em seguida, tomado por uma apreensão urgente, anunciou:

"O meu tempo está acabando. Já fiz todas as explicações necessárias. Há alguma pergunta?"

"O que acontecerá se eu desistir?"

"O seu hipocampo será removido."

Permaneci em silêncio.

"O preço da cirurgia será pago pelo próprio dissidente", recuou em direção ao corredor. "Você aceita a vaga de emprego?"

Considero este o momento ideal para lançar a isca:

"Não reconheço em mim as prerrogativas necessárias para atingir um grau de tomada de decisão adequado diante da natureza do banco de dados."

"O treinamento técnico deste Tribunal é exemplar. O tempo acabou. Você aceita a oferta?"

"Sou inapta, não aceito a oferta", respondi a caminho da rampa.

Ao cruzar a porta translúcida, ouvi os ferozes gritos da multidão. Pisei firme na rampa para descê-la, mas um passo foi o bastante para a estrutura ranger. Assustada, eu recuei. À minha frente, a rampa desmoronou. No ímpeto de pular, compreendi que a multidão me devoraria lá embaixo.

Retornei ao hall do Tribunal e aceitei o emprego.

O homem de alumínio

A voz do vendedor amplifica a minha dor de cabeça, sinto-me irritado, um desconforto no estômago. Não posso me sentir indisposto hoje, a Fernanda confirmou que irá me encontrar às cinco da tarde. Depois de sete meses, ela aceitou me reencontrar. Mas não é uma reconciliação, ela escreveu na mensagem, apenas quer falar comigo pessoalmente, ficou preocupada com a minha saúde depois da explosão na fábrica.

Eu não quero falar sobre a fábrica, respondi a ela, quero que você volte a ser minha namorada! Ela visualizou essa última mensagem e me bloqueou — a foto sumiu do perfil. Aposto que ela deu outra interpretação ao "quero que você volte a ser minha namorada". Deve ter me chamado de machista, outra vez. Ela já me falou que eu imponho os meus sentimentos, como um trator deslizando sobre uma floresta, e que ela não pode corresponder a esse tipo de invasão.

Mas eu sei que a Fernanda não consegue me manter bloqueado por muito tempo. Então eu encaminhei a ela o vídeo da explosão na fábrica: a fumaça branca, mais densa que uma neblina, encobrindo as casas ao redor do polo industrial, os vultos dos moradores saindo de suas casas, alguns queixavam-se de falta de ar, outros arregalavam os olhos avermelhados.

Quando acordei hoje de manhã, a foto da Fernanda estava no perfil outra vez. Ela visualizou o vídeo às seis, quando acorda para caminhar. E às oito ela mandou um polegar de confirmação embaixo da mensagem que eu enviara na manhã do dia anterior: vamos nos encontrar hoje à tarde.

Eu não comentarei com a Fernanda sobre a dor de cabeça que estou sentindo. Torço para que a tontura não volte — uma sensação iminente de desmaio, confusão mental. A primeira vez que senti isso foi no dia após a explosão no polo industrial. Continuarei a fingir que a minha saúde está normal, pois isso é mais suportável do que ouvir a Fernanda discursar sobre a teoria de que todos os sintomas são por causa do vazamento de hidrossulfito de sódio.

Durante o encontro, a Fernanda vai me encher de perguntas sobre a explosão, se eu já fiz exames, se estou usando adequadamente as máscaras cirúrgicas. Não, nem quero usar, não vou compactuar com essa paranoia. Ano passado foi o rio, ninguém podia tomar banho no rio porque estava cheio de caulim, mercúrio, bauxita, o diabo. Eu não soube de ninguém que tenha morrido depois de pular naquela água. E eu almocei peixe frito três vezes na semana, não caguei nem mijei mercúrio.

Desde o início do nosso namoro, a Fernanda insiste para eu ir até um laboratório fazer exames no meu cabelo. Ela leu em algum lugar na internet que possivelmente a concentração de alumínio no meu corpo está acima do normal, que isso me torna mais vulnerável a...

Ah, Fernanda, que ótimo, você sabe do que eu vou morrer, assim pelo menos não terei surpresas, vou me preparando enquanto isso.

Eu não quero pensar na minha morte. E a Fernanda deveria ser mais leve, otimista, falar menos de problemas, de política, desastres ambientais, poluição, essa merda!

Estou suando, aqui dentro do ônibus está abafado, os vidros das janelas fechados, a chuva desabou há uns cinco minutos. O ônibus avançou cinco quilômetros na estrada e ainda estamos dentro da área do polo industrial. Eu sei disso por causa das folhas das árvores cobertas de fuligem vermelha. Em alguns minutos, algumas folhas ou galhos inteiros (se a árvore tiver sorte) revelarão o verde que fica escondido por debaixo dessa fuligem; mas é apenas enquanto durar a chuva. Depois a cor vermelha retorna, como se as árvores por aqui já tivessem aprendido a não ser verdes. Essa última frase é da Fernanda, foi dela a observação sobre o ocultamento da cor verde das árvores. Falou sobre isso há uns três anos — a única vez que me acompanhou até a fábrica para uma entrevista de emprego. Naquela época ela ainda não estava obcecada em salvar o planeta, em promover abaixo-assinados de comunidades ribeirinhas e quilombolas, em divulgar documentários de líderes ambientalistas, o caralho.

"Os nossos pulmões também estão ficando assim, sujos", é a voz dela dentro da minha cabeça.

"O jovem quer uma água?", agora é a voz do vendedor, ele me salva das profecias catastróficas de Fernanda. Ele está ao meu lado, segurando o isopor, duas garrafas de água mineral na mão. Ele parece mais novo que eu, uns 23 anos, usa bermuda e uma camisa de meia amarela, chinelos nos pés. Aquela voz não é exatamente a dele, eu posso perceber, ele assume um personagem, tem um sorriso sempre pregado na cara, óculos de sol preso na cabeça. O olhar dele não se concentra exatamente em mim, ele busca a atenção da passageira sentada duas poltronas à minha frente.

"Tá geladinha", suas palavras ganham sempre a atenção da passageira. Ela tem uns 25 anos, cabelos pretos e lisos, amarrados com uma liga amarela. Ela olha para trás e sorri para o vendedor. A maneira como ela balança a cabeça, um sorriso nascendo, faz eu pensar que ela poderia ser a Fernanda sozinha em um ônibus, correspondendo às investidas do vendedor. Talvez eu esteja realmente sentindo falta da Fernanda.

Eu pego uma garrafa de água, pago o vendedor e tomo o primeiro gole. A minha garganta sente o alívio momentâneo. Descanso a cabeça contra o vidro da janela, escuto o bater dos pingos da chuva contra o vidro, as rodas do ônibus sobre o asfalto molhado, a voz do vendedor persiste. Fecho os olhos para tentar recordar meu primeiro encontro com Fernanda, mas as imagens na minha cabeça não se mantêm definidas, não há uma linearidade, há somente a necessidade compulsiva que foi aumentando dentro de mim ao longo dos meses. A cada encontro com Fernanda, eu sentia mais necessidade de controlar sua vida. E a cada artigo científico ou reportagem que ela lia, era como se estivesse se enchendo de espinhos, tornava-se inacessível a qualquer tipo de aproximação que não fosse coerente com as informações engolidas.

"Você engole catástrofes ambientais", eu disse a ela.

Abro os olhos quando o ônibus sobe o trecho elevado da estrada, estamos na saída do polo industrial. Um alívio. Em uma hora, chegarei à cidade para encontrar Fernanda. Acho que já sei como vou tentar ludibriá-la para não me encher com suas teorias de colapso ambiental. Direi a ela que estou arrependido, que elevei o tom de voz com ela por causa do estresse no trabalho, estava nervoso com as metas a cumprir. Mas como justificarei a ela a forma como eu apertei os seus pulsos e a empurrei?

A chuva continua forte, por isso não abro a janela. Mantenho os olhos contra o vidro, gosto de olhar lá para baixo. O elevado foi construído há cerca de uns três anos, para não atrapalhar no escoamento dos rejeitos de bauxita. Vejo a silhueta da barragem, a lama vermelha está cheia de vida dentro dela, alguns caminhões se movimentam ao seu redor. Há um ano, quando surgiu a reportagem sobre o oleoduto clandestino e os jornais imediatamente associaram isso à morte do rio, a Fernanda me enviou diversas matérias jornalísticas — algumas até traduzidas em outras línguas. Afinal, qual a relação desses fatos com o nosso namoro? Se fôssemos falar de outras coisas, sobre a gente, tudo bem. Mas esse tipo de assunto não deve ser tratado entre namorados. Por isso a gente terminou, quer dizer, ela terminou.

"Você é um negacionista", ela sentenciou naquela época. "Tem um rio morto e você não abre os olhos." Ela gritou na minha cara.

Ninguém nunca havia gritado na minha cara. Eu não sabia como reagir ouvindo um grito, um grito de mulher. Depois passou a dizer que eu só havia sido romântico com ela nos primeiros encontros; tornei-me seco, burro, e com poucos pensamentos.

"Deve ser excesso de alumínio no corpo", ela repetia, "a poluição está fazendo isso com você, está se tornando menos romântico e humano por causa de todo esse metal pesado no seu corpo".

Ela escondeu de sua família o hematoma em seus pulsos, mas antes enviou-me as fotos. Queria ter certeza de que eu sabia o que havia feito.

O ônibus freia bruscamente. Alguns passageiros reclamam, a buzina soa, a porta do ônibus abre e o motorista desce. Vejo o vendedor de água arriar o isopor no corredor e sentar-se ao lado da passageira. Eles iniciam uma conversa, mas não se apresentam, será que é apenas um reencontro? O sorriso dela está mais relaxado. A conquista foi fácil demais para ele.

São 16h45, quero saber o que está acontecendo lá fora. Empurro o vidro da janela e estico a cabeça, o ônibus está parado no acostamento, estamos fora dos limites do polo industrial. Sob a chuva, um grupo de pessoas bloqueia a estrada, um escudo humano, faixas, gritos de ordem. Exigem o embargo da mineradora. Esse tipo de gente não tem o mínimo respeito por nós, trabalhadores. Devem ser grupos de ribeirinhos ou de alguma comunidade quilombola — a Fernanda disse que há pelo menos duas nos arredores, uniram-se há alguns meses para impedir o avanço da ferrovia. Em que planeta essa gente pensa que vive, tentando impedir o escoamento de grãos e bois, Fernanda?

Recolho a cabeça e passo as mãos nos cabelos, tentando enxugar a água da chuva. Olho para a tela do celular, aguardando alguma mensagem da Fernanda. Eu estou atrasado, e a culpa é desses vagabundos na estrada.

O motorista retorna ao ônibus e diz que a estrada será desbloqueada somente após o comparecimento das autoridades. Ele deixa a porta aberta e permanece em pé, cansado, vendo a chuva cair lá fora e ouvindo as vozes dos manifestantes. Talvez ele também tenha alguma urgência para resolver na cidade, o coitado trabalhou o dia inteiro, não está preocupado com o rio ou com a derrubada das samaumeiras centenárias. Ele só está cansado, com fome e sem dinheiro.

"Esses vagabundos na estrada!", alguém grita dentro do ônibus.

Sinto vontade de me levantar, caminhar até o volante do ônibus e fazer o que o motorista já deveria ter feito. É só se sentar e pisar no acelerador.

Enquanto olho na direção do volante, vejo o vendedor esticar o braço para cima e lentamente, como um predador dando o bote, arria o braço esticado por trás do pescoço da passageira. Ela olha para a janela, as bochechas contraídas, ajeita o cabelo e quando olha novamente para ele, aceita o seu beijo. Ela beija como a Fernanda, de olhos abertos, aguardando a devastação.

A fúria irrompe dentro de mim. Abro a janela e grito sobre aquelas pessoas amontoadas lá fora. Eu sou um animal esfomeado, enfurecido e derrotado.

Anjos de miriti

Sem piedade, a maromba engole as duas mãos de André. Ele ouve o som dos ossos dos dedos esmagados pela pressão da máquina. Tenta se atirar para longe da tragédia, mas o antebraço também começa a ser moído. Amanhã ele completará 14 anos, o que é um privilégio — Paulo perdeu a perna esquerda aos 9.

André grita. A dor escapa da palavra e reverbera pelo rio e floresta. Depois ele fecha os olhos, mas não chora. O encarregado pela olaria ouviu os gritos e já se aproxima. Com um facão ele desfere o golpe brusco na altura de cada um dos cotovelos do menino, impedindo alguma avaria à máquina que misturava argila, não ossos e sangue.

André prova o sangue respingado na face. O gosto da irremediável tragédia o faz pensar que talvez em algumas semanas já tenha recuperado a saúde e consiga amassar a argila com os calcanhares. Seu pai estava impossibilitado de trabalhar na olaria, adoecera de tanto comer peixe contaminado. No rio, o cardume de metais pesados: bauxita, mercúrio, chumbo, soda cáustica, alumínio... O que ainda sobrevivia era a olaria e o artesanato de miriti.

Os mais velhos contavam que a palmeira de miriti era abençoada, brotara no solo onde a índia Uaraci fora enterrada pelo cacique, após a lua tê-la encantado. Uma vez, o pai explicara a André que a palavra Uaraci tinha origem tupi, e significava "mãe de todas as frutas". Mas André sentenciou ao pai: Uaraci morreria uma segunda vez, todo o seu corpo de rio envenenado pela mineradora.

Todas as noites, a família de André reunia-se na ponte de madeira diante das casas de palafita para aperfeiçoar o artesanato a partir da matéria-prima da palmeira. Esculpiam réplicas de barcos, simulacros de gente e todo tipo de animal. Mas agora, enquanto ele recua com os punhos despedaçados para longe da maromba, sabe também que nunca mais esculpirá os anjos de miriti que José, o primo cego, carrega todos os anos na girândola de pagar promessas.

A explosão dos fogos de artifício disparados em Belém reverbera pela baía. É a chegada de Nossa Senhora de Nazaré na Basílica. André recorda uma tarde à beira do igarapé, quando esculpira o último anjo para o primo.

"Dessa vez eu vou ficar te devendo as asas, José. Não tem mais miolo de miriti pra cortar."

José flutuava com as costas sobre a água escura e gelada do igarapé, os olhos impassíveis mirados para cima.

"Um anjo sem asas é o quê?", ele perguntou.

André ouviu a pergunta enquanto fazia os acabamentos na cabeça e nos olhos do anjo em miniatura.

"Não é anjo, José! Alguma vez você já viu um peixe sem rio?"

José riu daquela resposta, mas logo lançara outra:

"Quem é o dono do rio?"

De cima do jirau, André lhe disse que ele era o menino das perguntas difíceis.

"O rio é como o céu, sem dono!"

Depois, como de hábito, José insistira para que André o ensinasse a esculpir um anjo, mesmo que já soubesse a resposta, a faca é amolada demais.

"Por isso eu quero que a santinha me dê olhos novos, André, pra eu mesmo fazer os meus anjos."

Impotente, André ouvira aquilo. Ele sabia que a Santa ainda não devolvera a perna de Paulo, os cabelos de Cristina, e não retirara o alumínio, o mercúrio e o chumbo de dentro dos peixes.

Agora, enquanto o sangue de André escorre pelas frestas do chão de madeira da olaria e se mistura à água do rio, ele ouve com clareza o que José lhe dissera naquela tarde à beira do igarapé, como se a dor fosse uma lâmina amolada que despedaça as palavras e esculpe duas grandiosas asas abertas:

"Lá no círio eu escuto vários sons: músicas, vozes, orações, fogos... Também sinto cheiros: a maniçoba, o pato no tucupi, a pupunha, o caldo de frango, o tacacá. Eu acho que tem gente de toda cor na multidão em Belém do Pará: preto, branco, amarelo. Eles choram, pedem e agradecem tanto para a santinha. Durante as orações de pedido, eu escuto a titia pedir um olhinho novo pra mim, mas ela logo segura forte no meu ombro, com medo de eu ser esmagado pelos romeiros. E quando a Santinha passa, para entrar na igreja, sinto a multidão inteira se juntar mais. Ali eu sinto como se flutuasse. Tento tocar os pés no chão, mas não consigo. Meu corpo se esvazia, benzido pela Santa. O sino começa a tocar, tocar, e sinto que estou subindo, subindo, alto, bem alto. Será que os anjos da girândola voam e me levam com eles?"

André está caído no chão da olaria e ouve os sinos dobrando repetidamente no outro lado da baía. Há algo que ele nunca contara ao primo — pintara os olhos de todos os anjos com tinta feita de vinho de miriti. Antes de secar, a tinta brilhava mais que o ouro. E por isso, agora André sabe que, pendurados na girândola, aqueles anjos enxergam a multidão que se aglomera sob as árvores de mangueiras nas ruas mormacentas de Belém. Eles veem os promesseiros carregando sobre as cabeças e ombros todo tipo de réplicas em miniaturas: pernas, braços ou troncos humanos fabricados em cera. Corpos benzidos e suados amontoam-se, acotovelam-se, seguram uma corda que se estende infinitamente.

"Eu quero esse anjo, mãe!"

José ouve uma voz de um outro menino, criança como ele, bem próximo onde agora ele está com a tia. Esta lhe aperta os ombros, como se quisesse protegê-lo dos desconhecidos.

"Quanto custa os anjos?", é a voz de uma mulher adulta, e nesse momento José sente que os anjos na girândola estão sendo mexidos. Em seguida, sua tia responde que os artesanatos não estavam à venda, era promessa de sua falecida irmã, mãe deste menino cego. Após uma pausa, José ouve o ruído de moedas, cédulas de dinheiro sendo desamassadas, e a compradora lança a oferta final:

"Tenho dinheiro para comprar todos."

A girândola farfalha e os anjos são retirados um a um.

"Esse não serve, não tem asas", diz a compradora, após segundos de exame minucioso. Antes de ir embora, ela descarta a réplica sobre uma das mãos de José.

José aperta o objeto, sente a textura da fibra de miriti. Depois passeia os dedos sobre os contornos do simulacro — os pés, as pernas, os braços e a cabeça —, e descobre os sulcos dos olhinhos milimetricamente esculpidos por André. Ele sorri.

José quer retornar logo à ilha para perguntar ao primo se um anjo sem asas é assim, como um de nós.

Carne de boi

Os braços musculosos de Arú e a envergadura dos seus ombros mentiam a sua idade. O menino tinha 12 anos. A sua força para remar o colocava como segunda opção de seu pai, na ausência de outros homens para transportar os paneiros de açaí da plantação até a ponte da sua casa. Morava com os seus pais e a caçula Maria — os outros seis irmãos já haviam se arranjado —, na mesma casa em que fora de seus avós maternos, a terceira construção de madeira no furo do rio que banhava a ilha. O terreno para o cultivo do açaí era herança da família paterna. Para chegar lá, era necessário remar até a entrada do furo, dobrar para a direita e contornar uns quinhentos metros pela beirada da ilha; amarrava-se a canoa no pequenino trapiche, e percorria a pé vinte metros de ponte de madeira sobre o manguezal, depois mais cinquenta metros pela terra úmida até o açaizal.

Hoje, não há gente para ir buscar os paneiros de açaí. O pai de Arú acordou cedo, colocou combustível na embarcação, e seguiu para a cidade na companhia da esposa. Ordenou ao filho que fosse buscar o açaí antes das sete, e depois, deveria levar Maria até a escola. Disse ao filho que talvez voltassem antes do almoço. A mãe não conseguiu encarar Arú, despediu--se de costas, mas o menino sabia o motivo pelo qual os pais estavam apressados.

A notícia sobre o naufrágio da balsa cheia de bois chegou a sua casa no início da tarde de terça-feira, junto com o cheiro do churrasco na casa ao lado. O vizinho conseguira dez quilos de carne, extraída de um dos animais que fora arrastado até a praia pelos moradores.

"Ainda tem muito boi vivo", o vizinho dissera, depois de justificar que não enfiara a faca no lombo do animal, ganhara a carne de um conhecido. "E no correr dos dias, vai ter mais boi morto do que vivo."

Hoje, sexta-feira, o vento trouxe à ilha o fedor dos cadáveres de boi. É a primeira vez que a imundície chega atrasada na ilha, o pai de Arú dissera ao acordar.

Desde quinta-feira, a população ao redor do porto já reclamava do fedor insuportável, que se estendia por toda a cidade até a praia. Quem chegava ao porto pela estrada também se queixava.

Quando Arú começou a desamarrar a canoa para cumprir a primeira tarefa dada pelo pai, viu a silhueta da embarcação escolar retornando. O barqueiro acenou e avisou que a escola não ia abrir. Ordens da prefeitura, esclareceu, tampando a boca com a mão, como se fossem necessárias mais explicações.

Arú suspirou aliviado. Tinha então apenas a tarefa de ir buscar os paneiros de açaí. Envolveu novamente a corda da canoa na escadinha da ponte e caminhou até a sua casa. Vestida com o uniforme escolar e a mochila pendurada nas costas, Maria estava escorada no batente da janela, com uma xícara de café preto numa mão, enquanto com a outra levava o beiju até a boca. Mastigou um pedaço.

"Ainda tem beiju?", Arú perguntou.

"Tem dois prontos. Mas não dá tempo, me leva logo para a escola."

"Não vai ter aula, o barqueiro acabou de avisar."

Maria fez careta, odiava ter que ficar em casa.

"Me leva com você, mano."

"Eu vou buscar açaí."

"Te ajudo com os paneiros, quem sabe lá no meio do açaizal esse fedor some."

Arú voltou de dentro da casa mastigando um beiju. Puxou a xícara da mão da irmã e tomou um gole de café.

"Eu levo você, mas tem que ficar calada igual jabuti."

Maria sorriu. Calada, só se levasse o caderno para estudar. Entrou na casa e trocou a blusa do uniforme pela camiseta, a mochila de novo nas costas. Foi encontrar o irmão dentro da canoa. Sentou-se no assento do meio, instrução dos pais. Arú desamarrou a corda e em pé, dentro da canoa, encostou a ponta do remo com força sobre a ponte, fazendo a embarcação se mover para a frente. Remou alguns metros em pé, o sol naquele horário estava suportável.

Em poucos minutos, a canoa já estava deslizando para fora do furo. Ali a correnteza era um pouco mais forte, então Arú se sentou, pois precisaria de mais força para manter a canoa às proximidades da ilha. Seguiu remando para a esquerda, um trajeto de meia hora.

Maria estava concentrada na leitura de seu caderno, em uma das mãos segurava a caneta. Por isso ela não viu a movimentação de barcos no outro lado da baía, no ponto exato em que ficava o porto. Arú ouvira que o naufrágio da balsa havia ocorrido depois do embarque dos animais no porto. De onde estavam agora, Arú podia ver outras balsas, a estrutura metálica do porto parecia se movimentar para cima e para baixo; ele também conseguia ver as silhuetas das diversas construções que formavam o polo industrial, caldeirarias, refinarias, as torres expelindo fumaça branca e escura contra o céu azulado.

"Arú, onde fica Oslo?", Maria perguntou.

Arú nunca ouvira essa palavra tão pequenina, estranhou. Ele conhecia as palavras grandes, faladas quase ao mesmo tempo que eram engolidas na mesa: "graviola", "tamuatá", "macaxeira", "mapará".

"Que palavra miúda", ele respondeu.

"Igual açaí, só tem quatro letras", Maria contava as letras como se fossem sementes separadas sobre o jirau.

"Onde você ouviu isso: Oslo?", Arú perguntou.

"Na escola... a professora disse que tem rio limpinho em Oslo."

"E peixe graúdo, será que tem?"

Maria riu. Sentiu vontade de perguntar ao irmão como um rio limpinho consegue morar dentro de uma palavra tão pequena, mas não encontrou palavras para formar a pergunta e então preferiu permanecer calada, pensando na natureza dos rios. Este aqui, ela pensava enquanto a canoa deslizava sobre a água, já sofreu vários adoecimentos — teve um tempo em que uma mancha escura avançou na região das praias, depois a água ficou esbranquiçada, aos arredores da ilha, parecia argila dissolvida; alguns peixes morreram. "E hoje você fede", ela diz enquanto afunda a mão sobre a água, acariciando o rio.

"O que você disse, Maria?"

"O rio adoeceu de novo, ficou fedorento."

"Não é o rio, são os bois mortos."

"Mas eles estão afogados no rio, agora é como o pitiú dos peixes."

Arú quis explicar à irmã que o fedor dos animais mortos não era como o cheiro natural dos peixes dentro da água.

"Será que é por isso que colocam a gente em um caixão e vestem uma roupa bonita quando a gente morre?", a irmã perguntou, "Para desaparecer o fedor? É isso o cheiro da morte, mano?"

"Não fala coisa complicada, Maria. Esse fedor só chegou até aqui porque os bichos estão apodrecendo na água e na praia. Também tem alguns presos no fundo do rio, debaixo da balsa."

"Eu não sabia que boi se afogava..."

Arú continuou calado, sabia que o assunto havia impressionado a irmã.

"Você lembra da roupa bonita que vestiram no vovô Aureliano, quando ele morreu?"

Arú sacudiu a cabeça, concordando, mas não encarou a irmã. Recordar o avô o fazia chorar, e ele não podia chorar na frente da irmã, tinha que ser como um animal, forte e destemido. Arú sentia saudades do avô Aureliano, a sua doçura e paciência para ensinar o neto a remar a canoa sobre o rio, quando Arú tinha 5 anos.

"Treine os olhos para enfrentar o sol", o avô dizia.

E quando Arú esquecia-se de se posicionar de costas para o astro, o avô repetia:

"O sol anda no céu e nada na água."

O avô Aureliano havia trabalhado a vida inteira como empregado em engenho de cachaça. E por isso, acompanhara muitas viagens rio acima para fazer entrega de aguardente. Ele conhecia todos os rios e furos ao redor e abaixo da Ilha do Marajó. Depois que os engenhos desapareceram das ilhas, Aureliano permaneceu cultivando açaí e miriti, plantado no pedaço de terra herdado de seus pais. Toda a sua família havia nascido naquela ilha, e criado ali por toda a vida, Aureliano se gabava de que jamais pisara na cidade no outro lado do rio. E como um rádio de pilhas novas, descrevia cada detalhe da construção que ele viu nascer no outro lado do rio, às proximidades do grande porto; a movimentação das balsas, toneladas de ferro, helicópteros, fumaça, contêineres, a chegada da mineradora...

Aureliano ficou cego antes de o rio mudar de cor. Na família, a cegueira do avô era algo sobre o qual nunca se podia perguntar, e por isso permaneceu sendo um mistério para Arú e Maria. Mas quando estava sozinho com ele dentro da canoa, Arú se esgueirava para a frente e olhava por debaixo das abas do chapéu de palha que o avô vestia na cabeça. E então, como se estivesse diante de uma epifania, o menino contemplava os dois olhos de íris esbranquiçadas, olhos de um peixe velho. E por isso, ele não brigou com Maria quando, à beira do caixão do avô, a menina com 5 anos na época, assustou-se com os olhos do defunto e disse:

"O rio transformou o vovô em peixe."

Naquele momento Arú compreendeu que Maria seria dada a comentários e perguntas difíceis. Atribuía essa habilidade à sua avó Ismerina. De manhã, na hora do mingau de arroz com miriti, a avó não esperava o primeiro gole do seu avô, e logo perguntava sobre tal dia ou tal noite que ele dera de encontro com a Ilha da Pacoca passeando no rio. A avó Ismerina sabia todas as histórias que ele trouxera das viagens pelo Amazonas, Tapajós e Xingu. Mesmo assim, perguntava tudo de novo, todos os dias, enquanto ele viveu. A avó queria que os netos ouvissem aquelas histórias...

... a Ilha da Pacoca passeando pelos rios...

... a Cobra gigante com a cabeça escondida embaixo da Igreja matriz...

... o amor da Índia Uaraci pela lua...

... a Matinta Pereira pedindo tabaco...

... os ingerados...

Após o falecimento do esposo, Ismerina continuou ela própria a repetir aquelas histórias. Arú se afastava, não queria recordar o avô. Maria ficava agarrada como uma preguiça no colo da avó, os olhinhos abertos, os ouvidos atentos aos relatos.

A avó Ismerina morreu seis meses depois de o rio mudar de cor.

Arú parou de remar, acabara de ver alguma coisa movimentar-se na água, cerca de três metros à frente. Guardou o remo dentro da canoa e cutucou as costas da irmã.

"Tem alguma coisa ali, Maria."

Maria ergueu os olhos do caderno e olhou na direção do local indicado pelo irmão. Ela viu a ponte que levava ao açaizal e um pouco antes, sob os galhos das mangueiras que pendiam sobre o rio, a coisa escura se movia na direção da terra, tentando sair da água.

"É um boto, será?", Maria disse.

"E esse teu boto tem chifre?"

"Onde você está vendo um chifre?"

"Ali, olha, deixa a maresia acalmar que você vai ver..."

"Ele tem chifre porque ainda está se transformando", Maria explicou.

"Eu pensava que boto virava homem, e não boi."

"É mais fácil virar boi, só tirar o 't' e um 'o'."

Os dois riram.

"É um boi, sim", Maria concluiu, quando Arú fez a canoa chegar mais perto. "Olha aí, com rabo, couro, e esse olho que é quase do tamanho da sua cabeça."

Arú se levantou, esticou o braço até um dos galhos da mangueira e o puxou, fazendo a canoa encostar no mangue.

"O que um boi tá fazendo no rio?", Maria perguntou.

Arú levou a lâmina do remo em direção à garupa preta do animal, quase oculta ao nível da superfície do rio.

"Ele veio comer manga", Arú disse.

"Boi come manga?"

"Com fome, tudo se come..."

Maria fez uma careta e enfiou o caderno dentro da mochila.

Sem intenção, Arú desceu a lâmina do remo com força sobre a garupa do animal. A água espirrou para todos os lados e Maria desferiu um tapa no ombro do irmão.

"Eu só queria cutucar o bicho", Arú se desculpou, logo voltando a atenção de Maria para o par de chifres que emergia do rio, como galhos de árvores escurecidos.

Com a cabeça totalmente acima do nível do rio, o boi tentava galgar alguma elevação. Afastava-se da canoa, margeando o manguezal.

"Se ele entrar no mangue, vai afundar", Maria explicou. "Ajuda ele, Arú."

Arú imprimiu força nos braços, fazendo a canoa deslizar para a frente, paralela ao animal, a uma distância suficiente para que eles não fossem atingidos. Remou mais um pouco e posicionou a canoa à frente do boi.

"Eu não sei como se ajuda um boi", Arú disse, recolhendo os remos.

"Ele é grande, maior do que essa canoa."

"Ele tá olhando pra gente, Maria."

"Ele está chorando..."

"Então deve estar ferido."

"Ou com fome. Será que é um dos bichos que estavam na balsa?"

"Ele não é peixe-boi, Maria. Não ia conseguir atravessar a baía até aqui."

Arú agachou-se e pegou a corda. Desamarrou-a e fez um laço grande na ponta.

"O que você vai fazer, Arú?"

"Vou puxar o bicho até a ponte. Você vai ficar aqui reparando, enquanto eu vou chamar mais gente."

Maria sentiu tristeza.

"Se você avisar alguém, vão querer matar ele."

"É carne de boi, Maria. Dá pra comer mais de uma semana. Ele já deve estar doente."

Os olhos de Maria se encheram de lágrimas.

"Ele está chorando, Arú. Olha pra ele!"

Arú se sentou e encarou o bicho. Viu a sua própria imagem mirada naqueles olhos molhados, ele e a irmã, dentro da canoa, a água marrom e o céu azul. Arú não quis acreditar que aquilo fossem lágrimas. Mas de repente, sentiu-se livre para chorar. Chorou a morte do avô e da avó, chorou por todas as vezes que precisou ser adulto.

Arú esticou a mão e acariciou a garupa do animal, ele estava cansado, queria viver. Maria parou de chorar e colocou a mão no ombro do irmão. Não precisou pedir.

Arú entrou na água e enlaçou o animal. Depois começou a puxá-lo até a ponte de madeira. Da canoa, Maria observava a cena. Arú parecia outro animal, socorrendo um irmão.

Às proximidades da ponte foi mais fácil. O boi sentiu a terra firme e restabeleceu a força, impulsionando-se para cima. Quando ele emergiu da água, é que puderam ver o quanto era imenso e forte. Não havia nenhum ferimento visível.

Maria ajudou Arú a guiar o animal até o açaizal, alimentaram-no. O boi os encarava com medo e desconfiança. Descrente.

Os irmãos permaneceram todo o resto da manhã sentados debaixo dos açaizeiros, observando o animal. No meio da tarde, Arú disse para Maria que precisavam soltar a corda, para ele ir embora.

"Se ele ficar aqui, os homens vão pegá-lo amanhã", Arú explicou.

Maria sabia que não havia nenhuma garantia.

Antes de Arú retirar a corda do pescoço do animal, Maria disse que iria tocá-lo pela última vez. Aproximou-se, e colocou as duas mãozinhas sobre o lombo do boi. Ele fechou os olhos, como se quisesse adormecer. Maria sussurrou uma reza, igual àquelas que a benzedeira fazia na cabeça dela e do irmão, para proteção dos corpos:

> *Se tiverem olhos não me vejam,*
> *se tiverem boca nem me falem,*
> *se tiverem mão não me toquem,*
> *se tiverem corda não me amarrem,*
> *se tiverem arma não me atirem* *

O cheiro da carne podre sufocava a reza sussurrada pela menina.

---

* Trecho extraído do livro *Fagulhas e fragmentos*, de Maria de Nazaré Carvalho Lobato. Abaetetuba: Guará, 2004.

Após a reza de Maria, Arú retirou a corda do pescoço do boi. O animal olhou uma última vez para eles e entrou na mata.

No entardecer, Arú e Maria chegaram em casa. A mãe preparava a janta. Os irmãos mentiram duas vezes. Para justificar a demora em retornar para casa, contaram que a maré tinha levado a canoa pelo manguezal. E para não jantarem a carne que a mãe cozinhava, contaram que estavam com dor de barriga. Por isso, foram obrigados a tomar chá de boldo e comer umas torradas.

Depois, enquanto o pai e a mãe jantavam, Maria e Arú se sentaram na beira da ponte, os pés mergulhados no rio anoitecido.

"O que vai acontecer com o boi, Maria?"

"Eu não sei. O coitado estava triste..."

"O vovô dizia que no mato tudo fica encantado."

"Acho que animal triste não fica encantado..."

Arú se calou, os olhos sobre o rio.

"Foi ele que encantou a gente", a irmã disse.

Fronteiras

*Se existe a escuridão opressiva ao nosso redor,
nossa função é brilhar. Exatamente como os vaga-lumes, que
só brilham se houver escuridão e são tanto mais vaga-lumes
quanto mais escuro estiver ao redor. (...) Mas aí exatamente se
encontra aquela capacidade de renascer das cinzas, como fantasmas iluminados, que emitem sinais de liberdade na noite*

João Silvério Trevisan, *Devassos no paraíso*

"A fronteira está fechada", diz o motorista que nos conduz de Santa Elena a Pacaraima.

"Faltam quantos quilômetros?", pergunto, enquanto observo a movimentação na Troncal-10.

"Dez", ele freia e arremete o carro para o acostamento.

"Não pare", Glória agita-se ao meu lado no banco traseiro.

"As senhoras irão continuar pelo caminho alternativo", ele aponta para um ramal de terra perpendicular à rodovia. "Se caminharem sem paradas, conseguirão chegar ao Brasil antes do anoitecer."

Glória estica-se para a frente e, com fúria, crava as unhas pintadas de vermelho ao redor do pescoço do motorista. Com um *carajo*, ele desafivela o cinto e salta para fora do automóvel. *Carajo*, gritamos as duas, antes de nos juntarmos a ele.

No lado de fora do carro, o motorista nos aguarda com o revólver e nos empurra até o porta-malas. Ao abri-lo, vemos os papelotes de cocaína.

"As senhoras querem ser as donas dessa mercadoria?", ele encosta o cano do revólver na cabeça de Glória, fazendo-a se ajoelhar. Ordena que eu recolha as nossas bolsas do banco traseiro, o que cumpro sem reclamações, deixando-o livre para entrar no carro e retornar a Santa Elena.

Decidida a não prosseguir a travessia, Glória se aventura a pedir carona à beira da rodovia. A sua esperança perdura até eu relembrá-la de que somos as administradoras de um abrigo de transexuais em Caracas, e somente em Pacaraima conseguiremos novo estoque de medicamentos para o abrigo.

Um pouco depois das onze da manhã, iniciamos o percurso pelo ramal de terra. Calor acima dos trinta graus. À medida que caminhamos, os ruídos da rodovia desaparecem. Glória continua enfurecida, não conversa comigo, tenta emendar as unhas quebradas.

Uma caminhonete passa por nós a caminho de Pacaraima. Faço gestos. O automóvel freia mais à frente. Eu e Glória vamos naquela direção, mas quando as nossas imagens se tornam nítidas no retrovisor, o veículo dá partida e se distancia. A poeira nos encobre.

Ouvimos o primeiro tiro no início do entardecer. Desesperada, Glória acha que alguém está nos seguindo. Por precaução, sugiro percorrermos o trajeto mais próximo ao rio, para nos distanciarmos do ramal de terra.

Eu gosto da água do rio, essa sensação de fragilidade abençoada.

Glória diz que a minha preferência pela água são resquícios da herança *Warao*. Em qualquer oportunidade, ela sempre enfatiza o quão indígena eu sou, como se ela, brasileira, não o fosse. Talvez esta seja a maneira mais branda que Glória encontra para reprovar a minha recusa em fazer alterações estéticas no rosto. Após a minha cirurgia de transgenitalização, dei-me por satisfeita.

Eu conheci Glória no final da década de 1980, em Caracas, quando os preços do petróleo caíram.

Naquele ano, Glória chegou ao bar e pediu emprego. Ela não queria retornar ao Brasil, planejava chegar aos Estados Unidos. Eu a aceitei no bar, imaginei que ela ficaria somente alguns dias, até que a coragem a fizesse continuar a viagem.

"Por que você não volta ao Brasil?", repetidamente eu perguntava, ao vê-la chorando na cozinha.

Glória não revelava. Permaneceu em Caracas.

"Venha mergulhar, Glória. Este rio já são águas do Amazonas", eu a chamo neste final de tarde na fronteira.

Eu penso que as águas de um rio podem rebatizar Glória, ou talvez tornar leve o seu breve retorno ao Brasil. Mas as minhas crenças sobre o rio não fazem sentido para ela. Afinal, a única coisa realmente nossa são os medos, e eu desconheço todos os medos de Glória.

Ela recusa meu convite para entrar no rio. Eu permaneço flutuando sobre as águas por mais algum tempo, observando o céu tomado pelo pôr do sol alaranjado. A água do rio assume uma coloração mágica, e no seu espelho encaro as formas dos meus seios. Desde que fiz a transição, os seios continuam a ser a única parte de meu corpo que me causa êxtase, como se minha jornada estivesse completa. Ao contemplá-los, sempre recordo minha mãe.

Mergulho.

No colo silencioso do rio, escuto o choro de minha mãe.

O parto.

Choro.

Nascimento.

Sou retirada destas lembranças pelas novas rajadas de tiros. Desta vez, as balas se deslocam pelas colinas e descem até o rio. Eu corro em direção a Glória. Ela está deitada atrás dos arbustos. Eu me deito ao lado dela, e, de olhos fechados, aguardamos a nossa execução. Na América Latina, temos sorte de continuarmos vivas por mais de cinco décadas.

As rajadas de tiros se intensificam.

"Se eu soubesse que você tem medo de tiros, não concordaria com a travessia", Glória se afasta do meu abraço.

Os tiros me fazem regurgitar as terríveis lembranças. A cada disparo, sinto o gosto daquelas lembranças, viscerais. Nem mesmo a água do rio conseguiu impedir isso. Esta travessia nos levava à borda de nossos medos. Se desejamos continuar resistentes, precisamos transbordar, Glória e eu. Compartilhar as nossas histórias. E por isso, mesmo com medo, eu repito para Glória as últimas palavras de minha mãe:

"Eu e você seguiremos esta travessia, os nossos corpos são feitos de rio."

O grito do condor corta o início da noite. Chorosa, Glória confessa que teme o carcará. Explico a ela que *el condor* é um pássaro nobre, abençoado, guerreiro e imortal. Carlos, um peruano com o qual eu saí logo após a minha transgenitalização, ensinou-me muitas coisas sobre *el condor*. Todas as noites, depois de transarmos, eu pedia a ele para ver as poderosas asas e olhos do condor tatuadas em suas costas. Mas Carlos não era imortal como o condor. *Se fue como todos los hombres.*

Antes de desaparecer, Carlos levou-me para conhecer a montanha andina. Visitamos o Templo do Condor, construído pelos ancestrais incas. Em meio às rochas paleolíticas, Carlos me contou que o condor, à medida que envelhece, busca o pico mais alto de uma montanha. Lá no alto, o pássaro dobra as suas asas e, muito lentamente, retrai as suas pernas e cai. Uma queda livre em direção à água do rio.

Quando finalizo meu relato, os olhos de Glória têm um brilho pavoroso.

"Eu nunca retornei ao Brasil", ela confessa.

"Você desapareceu por mais de seis meses", eu sentia raiva, e recordava as cartas esperançosas que Glória supostamente me escrevera do Brasil quando o HIV acordou a democracia nos anos 1990.

"Eu não consegui retornar ao Brasil", ela continua a falar. "As estradas e as fronteiras têm um efeito estranho na gente. No meio do caminho, tive uma experiência. Na rodoviária em Bogotá, vi um grupo de cinco *Emberás*. Elas haviam sido proibidas de entrar no banheiro. Eu as segui até os fundos do prédio, observei-as no momento da maquiagem, tão lindas e tão fortes, pareciam estar se preparando para algum tipo de combate. Elas também estavam partindo, assim como eu havia partido do Brasil há alguns anos. Para onde estão indo, eu perguntei. *Las montañas de Eje Cafetero*, responderam."

Enquanto eu escuto Glória, sinto que estamos chegando à zona translúcida e mágica. Alguns chamam de verdade. O instante exato em que o pássaro, vertiginosamente em queda livre, aproxima-se da água do rio. O pássaro não vê a si mesmo refletido na água. Não há um espelho, tão somente uma zona de fluidez, passagem, fluxo, impermanência. Tudo o que ali aterrissa não encontra barreira e toda palavra é falada na ausência de fronteiras.

"Nas montanhas de *Eje Cafetero*, contávamos nossas histórias umas para as outras em meio ao cheiro de café. Foi lá que eu aprendi a falar sobre meu medo, diariamente elas faziam eu repetir a minha história. Os jornais brasileiros que você encontrou enrolados dentro da minha mala, as notícias sobre as Tarântulas, eu menti quando disse que não as conhecia. No ano em que cheguei a Caracas, eles estavam fazendo uma limpeza em muitas cidades do Brasil. As notícias chegavam até o Norte: a sujeira eram pessoas como nós. Então eu fugi e nunca mais voltei. Hoje é a primeira vez que estou voltando ao Brasil."

Escolhemos não dormir. Caminhando, podemos saber o que nos abaterá. Não sabemos se já estamos em Roraima ou ainda em território venezuelano.

"Talvez estejamos na rota mágica rumo ao Monte Roraima", eu sugiro.

"Se o rio que encontramos foi o Miang", Glória explica, "é mais provável que estejamos a caminho da Raposa Serra do Sol."

Avistamos a fumaça escura que sobe próximo a uma encosta de pedras. Caminhamos naquela direção e vemos a estrutura de um veículo incendiado lá embaixo. Descemos por entre as pedras. Dentro da estrutura que corresponde à boleia da caminhonete, encontramos dois corpos carbonizados. Na carroceria, uma mangueira, corrente, pá e duas bateias de garimpo.

"São brasileiros ou venezuelanos?", Glória pergunta.

A nacionalidade dos mortos se transforma em um silêncio entre nós, entrecortado somente pelo crepitar da carne queimada.

Sentamo-nos em meio a duas grandes rochas. Glória pousa a cabeça em meu ombro. Eu permaneço acordada, gosto de olhar as estrelas, destemidas durante a madrugada. Somos dois vultos dentro da noite, como se em toda a nossa vida nunca tivéssemos saído dessa fronteira, dessa caminhada trilhada pelo medo, sobrevivendo e resistindo por meio das histórias que contamos umas para as outras.

"*Los entierros son la marca humana*", digo a Glória, adormecida.

Talvez ela me escute em seus sonhos, essa dimensão que atravessa e resiste em nós como um rio, o outro lado da fronteira, a zona translúcida. Nos sonhos de Glória, eu arrasto os corpos carbonizados dos nossos irmãos até a clareira, posiciono-os lado a lado sobre o solo apátrida e cubro-os com pequenas pedras, no ritmo da reza trazida pelo vento morno.

O corpo é um templo.

O condor ressurge no alvorecer, voos rasantes sobre nós. Glória desperta e grita em direção ao pássaro. O seu grito é impetuoso como um parto.

Este livro foi composto na tipografia
Minion pro, em corpo 12/17, e impresso em
papel off-white no Sistema Digital Instant Duplex
da Divisão Gráfica da Distribuidora Record.